Os Mesmos e os Outros: o livro dos ex

Ana Cecília Carvalho

2022

Catalogação na Publicação

C331

Carvalho, Ana Cecília

Os Mesmos e os outros: o livro dos ex / Ana Cecília Carvalho.
— 3 ed. — Belo Horizonte : Quixote+Do, 2022.

(Inquietação, V. 1)

180 p.; 13,7cm x 21cm.

ISBN 978-65-86942-62-0

1. Ficção. 2. Literatura brasileira. I. Carvalho, Ana Cecília.
II. Título.

CDD 869.93

Bibliotecária responsável: Janaina Ramos – CRB-8/9166

Agradecimentos Didi Ülman
Foto de capa © Jerry Lara/San Antonio Express-News/ZUMA

1ª Edição, 2017
2ª Edição, 2018
3ª Edição, 2022

Nesta edição, respeitou-se o Acordo Ortográfico da Língua Portuguesa de 1990, que entrou em vigor no Brasil em 2009.

Rua Alagoas, 1270 – Sala 304 | Savassi
30.130-168 | Belo Horizonte | MG
editoraquixote@gmail.com | (31) 3141.1256

@quixote.do /quixotedoeditora /quixotedoeditorasassociadas

Os Mesmos e os Outros: o livro dos ex

Ana Cecília Carvalho

2022
3ª Edição

Agradecimentos

Este livro não seria possível sem a leitura cuidadosa de Adelaide Bouchardet-Davis (*in memoriam*), Betty Bronfen, Cibele Ruas-Nichols, Lino Albergaria e, sobretudo, de Lyslei Nascimento, Jaime Prado Gouvêa e Hal Reames. A eles e também aos meus filhos, Samuel e Gisella, a Lívia Garcia-Roza, Thereza Waisberg, A. H. Lin e Armand Lancestrong, minha gratidão.

Um livro não se faz sem suas vítimas.
Armand Lancestrong

Chove longínqua e indistintamente
Como uma coisa certa que nos minta
Como um grande desejo que nos mente.
Fernando Pessoa

Maldição! — gritou — Macondo está cercado de água por todos os lados!
Gabriel García Márquez

Porque uma coisa quero lhe dizer: você e eu continuamos sendo inimigos.
Gabriel García Márquez

Sumário

1

O sovina

A avareza tira aos outros o que recusa a si própria.
Sêneca

A atitude de um homem o leva a alguns destinos, tal como será a sua vida.
David Lynch

Diria que ele não parecia tão mal, quando o vi aparecer no final do corredor para acabarmos logo com a coisa. "A 'coisa'. A que ponto chegamos!", pensei. Era visível que tinha perdido peso, e talvez por isso agora caminhava com uma certa desenvoltura, apesar do modo arrastado, mancando, que sempre me irritou. Quando chegou mais perto, vi que havia raspado a barba. Se o tivesse reencontrado por acaso em outro lugar, talvez tivesse dificuldade em reconhecê-lo. Entendi então que, durante anos, os cantos caídos da sua boca haviam ficado escondidos, inapreensíveis sob a barba espessa. Agora, com o rosto escanhoado, esses traços condiziam perfeitamente com a amargura do tom de voz sem humor com que ele falava. Quantas vezes me desesperei com aquela amargura, com o seu desinteresse crônico por tudo que não fosse simétrico ao seu pessimismo, à sua mesquinharia.

Atrás dele vinha Cláudio, seu advogado, um sujeito alto e bem vestido, que, quando se deteve à minha frente para me cumprimentar, me olhou de cima a baixo de modo arrogante, por sobre os óculos, como se estivesse em busca de um detalhe, a prova criminal que faltava e com a qual apelaria ao juiz pela minha condenação. A sentença? Condenada a ficar à míngua, querendo eternamente.

Depois dos cumprimentos, permanecemos em silêncio enquanto esperávamos por Sandra, a minha advogada, que estava um pouco atrasada. Em menos de cinco minutos ela chegou, desculpando-se. Em seguida, tentou puxar conversa com os dois homens, como se para mostrar que não éramos inimigos. Não obtendo muito entusiasmo da parte deles, voltou-se para mim e, sempre calorosa, apertou a minha mão para assegurar-me de que tudo daria certo.

Logo fomos chamados para entrar na sala, para assinarmos o divórcio. Não durou mais do que uns poucos minutos, tempo durante o qual ele não parou de olhar para mim, enraivecido e ao mesmo tempo perplexo, mesmo ofendido, como se cobrasse uma explicação.

Depois da leitura do termo de separação, o juiz estendeu para ele o documento, para que o assinasse. Ele pareceu não ter compreendido. O juiz repetiu a instrução. Tive vontade de gritar, para que todos soubessem que era assim que ele costumava agir quando tinha de dar algo que alguém pedia. Fazia como se não compreendesse. Resistia, pirracento, infantil, ganhando tempo para vencer o outro que era então tomado de exaspero, só para não dar o que o outro pedia e para deixá-lo à míngua, até que, duvidando do direito de precisar de algo, a outra pessoa começava a se sentir inadequada, uma pedinte inconveniente, até mesmo uma usurpadora. Sutil crueldade, sutil maneira de não dar, sob a insígnia de "inspetor de polícia", seu ofício. Com o tempo, fui parando de precisar, já que qualquer necessidade minha era para ele uma ofensa. Aos poucos fui me transformando em uma inconveniência, uma mulher que não tinha o direito de pedir coisa alguma, obrigada a tolerar sua hostilidade de mineral, sua sovinice.

Sandra percebeu minha tensão e de novo colocou a mão dela sobre a minha, procurando me tranquilizar. Então vi que ele se debruçou sobre o documento. Hesitou. Meu coração ficou aos saltos e ainda batia descompassado quando ele, lentamente, assinou o termo da separação. Mal esperei o juiz estender para mim o papel, tão ansiosa estava para assiná-lo e ficar livre. Assinei: Maria Silva. Minha identidade finalmente desembaraçada da dele. Meu nome recuperado. Nesse nome ecoaram outros nomes de mulheres que eu nunca pude ser e que a partir de agora eu libertava: Sandra, Luna, Estrela, Flávia, Ada, Elaine, Tania, Alice, Virgínia, Adriana, Regina, Camila, Mariana, Consuelo, Beatriz, Suzana, Silvana, Lúcia. Um enorme espaço aberto de ideias e possibilidades onde eu circularia. Livre. Pensei. Livre de suas rédeas, livre do seu ressentimento, livre da sua insatisfação crônica, da sua raiva, da sua inveja, do seu ciúme, da sua impossibilidade de dar. Livre do seu fracasso. Eu só podia esperar que ele também se libertasse, assim como a todos os outros homens que o perseguiam internamente: Cláudio, Daniel, Hernandez, Tomaz, Bernardo, Alberto, Heitor, André, Manuel, Juan, Arthur, Romero, Marcel, Carlos, Lucas, Félix. Quem sabe assim ele teria um nome próprio, afinal?

Ao passar por ele na direção da porta, esbarrei em sua mão estendida para se despedir de mim. Por um instante tive pena do seu olhar, agora suplicante. Para me salvar da armadilha, Sandra me tomou pelo braço.

"Vamos", ela disse, me conduzindo para fora da sala.

"Seja feliz", murmurei, deixando a mão dele solta no ar.

Uma vez lá fora, comecei a respirar como se quisesse inalar todo o ar de uma só vez. Enquanto esperava para atravessar a rua, eu o vi de novo sob a chuva, no passeio do outro lado, em meio aos restos do atentado recente dos Outros contra os Mesmos, ocorrido na semana passada. Parado como que perdido, com as mãos nos bolsos do casaco. Ao seu encontro veio uma mulher carregada de sacolas, a cabeça coberta por um chapéu de abas caídas. Ela falou alguma coisa, fazendo um movimento com o corpo, como que para indicar que estava cansada. Com isso, seu chapéu quase caiu. Ele não se abalou. Continuou com as mãos nos bolsos, indiferente, agindo como se não a conhecesse, como se ela fosse uma mendiga inconveniente. A mulher abaixou a cabeça, desanimada. Um táxi parou junto ao passeio e vi, surpresa, que ambos entraram no carro.

O sovina

2

A dissolvida

Though time and time / I've tried to tell her so.
She just didn't know / I would really go.
Jimmy Webb

Isso foi quando os ataques das milícias ainda não tinham recomeçado. A guerra havia dado uma trégua. Chovia quando deixei-a caída na rua. Foi o que consegui fazer. Deixei-a. Nunca mais. Chega. E foi assim. Peguei o primeiro ônibus para o sul e desapareci. Levei apenas a roupa do corpo. Larguei tudo para trás. Meu emprego de tradutora, meus livros, amigos, o pequeno apartamento onde eu me refugiava com ela, pensando em ser feliz. Se ela não conseguia parar, eu podia. Quantas vezes eu tinha dito a ela que um dia eu não aguentaria mais? Que chegaria o dia em que eu teria de colocar um limite, já que ela não conseguia colocar um? Ela e a porra do copo de bebida sempre cheio! Que merda era essa que fazia com que o copo sempre tivesse de estar cheio? Bebendo, bebendo sem parar até virar uma monstra. *In vino, veritas.* A verdade do monstro escondido atrás do rosto tão lindo, dos olhos tão claros e inocentes, o nariz arrebitado, os cabelos longos e lisos, a boca de Jane Birkin.

Lembro da primeira vez que a vi, tão leve, na pista de dança. Ela se aproximou de mim e em um minuto me apaixonei por sua beleza. Fomos para a casa dela e, hipnotizada, ignorei todos os sinais. Garrafas vazias na penteadeira, garrafas no sofá, em cima do fogão, na lavanderia, no banheiro.

"Que bagunça!", eu disse.

Ela me puxou pela mão: "Não seja implicante."

E me ofereceu um copo de uísque. Detesto uísque. Mas tomei, porque a essa altura eu faria qualquer coisa que ela quisesse. Fomos para a cama, onde ela me mostrou o infinito na língua, nas mãos, nos sexos colados que queimavam de fome e mistério, nos sons de suas palavras das quais a poesia jorrava como água.

"Estrela", eu a chamei, perdida, no meio da noite.

"Luna", ela respondeu, indicando o caminho para dentro de si.

Depois, no banho, uma lavava a outra, gêmeas de sexo, parceiras no desejo despertado pelos nossos mistérios.

Nas nossas manhãs, uma instigava a outra com planos e possibilidades. Depois que ela saía, eu recolhia as garrafas e organizava o caos da melhor maneira que eu podia. Quando ela voltava, faminta, eu a alimentava com suflês e mousses, pedaços de frutas, geleias.

"A consistência de sua alma", eu pensava.

Ela sorria, tocando meu rosto, e dizia: "Luna, minha linda!"

E logo abria uma garrafa de vodca. Depois da vodca, um gole de rum. Depois do rum, um pouco de uísque. E então mergulhava no meu corpo, arrancando de mim o que eu nunca dei para ninguém. No meio da madrugada, exaustas, fazíamos poesia. Delirantes, escrevíamos juntas, eu no idioma dos Mesmos, ela no idioma dos Outros. No dia seguinte, não sabíamos mais qual das duas havia começado ou terminado uma frase. Pura comunhão de corpos e de mentes. Nesses dias ela ainda exalava o perfume do nosso sexo, mais forte do que o do álcool que rapidamente a dissolveria. Eu a amava, mas ela amava mais se dissolver.

E porque foi se dissolvendo na bebida, tornou-se outra, impossível de reter, e incrivelmente mais pesada. Ao primeiro copo o rosto, antes lindo, logo se transformava, tomado de feiura indescritível, mistura de loucura, aspereza, egoísmo e brutalidade. As sobrancelhas franzidas de ódio diante do mínimo gesto que eu pensava em fazer para afastá-la da garrafa. Sua voz engrossada, seu corpo e seu hálito exalando o odor ácido e repulsivo da substância agora parte integral do seu sangue.

Entendi que Estrela era infiel, quanto mais se tornava uma impostura. As suas palavras já não queriam dizer nada. Não valiam nada. Tudo servia de disfarce para o seu compromisso com o álcool. Instalou-se em mim a desconfiança, o ciúme doentio, a febre debilitante causada pelas suas mentiras. Telefonemas escondidos, bilhetes cifrados, contas escusas. Dias e noites, Estrela desaparecida. Invernadas. Quem falava nela? A voz foi se modificando, os gestos tornaram-se golpes. As mãos em volta do meu pescoço, os safanões para se livrar das minhas perguntas. Demorei para entender a impossibilidade do que eu lhe exigia. Ela não podia ser fiel a mim. Seu caso era com uma outra amante, uma que, nada exigindo dela, era a amante perfeita.

Então entendi que Estrela nunca se desapegaria dessa amante, a garrafa que lhe dava tudo, ao fazer dela uma pura ausência. Então entendi que eu é que teria de deixá-la.

"Estrela, adeus", eu disse. Com uma das mãos, ela fez um gesto de desdém, enquanto com a outra levou o copo cheio de uísque à boca. Ainda fiquei parada algum tempo, olhando a beleza desaparecer atrás da fisionomia para sempre embrutecida. Depois comecei a viver.

A dissolvida

3

O concorrente

Why don't you do right, like some other men do?
Joseph "Kansas Joe" McCoy

Eu a vi esta noite, na porta de um restaurante. Sempre linda, resplandecente num vestido dourado, os cabelos ruivos soltos, cercada de pessoas que, agitadas como moscas, pediam autógrafos e tiravam fotos com seus celulares. Tinha notícia de que ela estaria na cidade para uma apresentação, um evento pela paz entre as facções, mas não fiz questão de saber os detalhes. Eu me encontrava parado dentro do meu automóvel esperando o sinal de trânsito abrir. Sentado ao meu lado, no banco do passageiro, meu amigo Heitor olhava para ela no centro da agitação. Por um momento, ela olhou na nossa direção, mas não nos viu. Apenas mirou um ponto à distância, entre os destroços, para sair melhor na fotografia. O sinal se abriu e então acelerei, aliviado. A chuva recomeçara. Nada que prejudicasse o sossego do raro armistício entre os Mesmos e os Outros.

"Flávia continua linda, André!", disse Heitor, não sem uma certa ironia. "Aposto que ainda caaaaaaaanta muito bem...” O tom melodioso, arremedo de sensualidade, não deixava dúvidas sobre o duplo sentido da sua voz.

Não retruquei. Seguimos em frente, meu silêncio mal disfarçando o incômodo que tinha sido despertado em mim por tê-la visto por acaso.

Desde que nos separamos, eu não havia me encontrado com Flávia nem uma vez. Vivíamos em ambientes diferentes, mas não apenas porque eu tinha me mudado para outra cidade. Como cirurgião ortopédico, meu mundo era o das salas de cirurgia; o dela, o do glamour do *show business*.

Depois de algum tempo, logo após o divórcio, Heitor começou a me apresentar a algumas mulheres. Mentiroso como sempre, ele me dizia que as tinha encontrado em sites de relacionamento. Não demorou muito e percebi que todas traziam aspectos do que Heitor julgava ser “a mulher ideal” para mim: uma certa seriedade que, em algumas, se mostrava como uma sisudez cinzenta, muito sem graça, um comportamento comedido, meio robotizado, sem muita espontaneidade ou senso de humor. Riam pouco, não se emocionavam muito com o mundo à sua volta. Em suma, lembravam caricaturas de virtude, exibindo traços estereotipados que provavelmente se formaram às custas de muita renúncia, se é que já tivessem provado o gosto do pecado algum dia na vida.

Com duas delas me envolvi um pouco além de saídas bem comportadas para conversar. Uma ainda era virgem aos 40 anos de idade — o que, confesso, me deixou espantado, ainda mais quando ela defendeu com unhas e dentes, sem nenhuma metáfora, a própria virgindade. A outra, um pouco mais solta, uma animação que ela atribuía à liberdade da menopausa, não apresentou muita dificuldade nesse quesito. Contudo, na manhã seguinte a uma noite de sexo razoável em sua casa, perdi qualquer vontade de vê-la novamente. Quando perguntei se havia café, ela ficou completamente transtornada. Começou a gritar que nunca mais homem algum a usaria e que, se eu quisesse tomar café, que eu fosse para a minha própria casa ou, melhor ainda, que eu trouxesse café para ela. "Meu nome é Maria Silva! Você ouviu bem? Maria Silva!", gritou, antes de jogar um cinzeiro na minha direção. Assustado, vesti minhas roupas e fui embora o mais rápido que pude. Dias depois, ela me telefonou chorando, pedindo perdão pelo comportamento inadequado. "É que fui casada com um inspetor de polícia, um sujeito sovina muito abusivo", falou. Aceitei o pedido de desculpas, mas nunca mais quis vê-la.

A vida seguiu e, aos poucos, fui me acostumando às vantagens de morar sozinho, livre das humilhações, livre das comparações, das exigências que, enquanto estive casado com Flávia, me obrigavam a ser alguém em quem eu não me reconhecia. Mergulhei ainda mais no trabalho.

Enrolado com os seus próprios problemas conjugais, Heitor desistiu de me arranjar namoradas. Melhor assim, pensei.

Contudo, hoje, ao ver Flávia por acaso, algo se reacendeu em mim. Revi na memória a ocasião em que a vi pela primeira vez, no meu consultório. Já era muito famosa. Por esta razão, para não ser reconhecida na sala de espera, tinha vindo disfarçada, os cabelos ruivos presos no alto da cabeça e cobertos com uma echarpe, óculos escuros, roupas casuais de uma colegial, muito diferentes do figurino sensual com que se apresentava nos shows de televisão. Também tinha usado um nome falso, para marcar a consulta. Só soube quem ela era quando retirou os óculos e a echarpe que cobria os cabelos e se apresentou, pronunciando o próprio nome com a voz inconfundível, marca registrada do seu programa de televisão: "Sou Fláááááááááááávia." Surpreso e um tanto sem graça, estendi minha mão para cumprimentá-la. Flávia apertou minha mão longamente, olhando-me nos olhos. Por um momento, vi em seu olhar algo que somente tinha notado uma vez na vida: era a mesma fagulha, o mesmo convite que um dia eu vira no olhar de Ada, minha primeira mulher. Era algo que dizia assim: "Desafio você a me manter fiel."

Entre seduzido e horrorizado, me peguei excitado com Flávia, pronto para o desafio, do mesmo modo que me senti quando fui apresentado a Ada, quinze anos atrás. Diante da beleza ao mesmo tempo sensual e inocente de Ada, eu me vi fascinado, e mergulhei de cabeça no abismo sem fim de uma proposta que me colocaria competindo sem cessar com todos que a cortejavam. Na tentativa de tentar obter o prêmio, eu haveria de permanecer preso aos limites de uma condição sempre lembrada por Ada: eu deveria mantê-la livre para que ela pudesse testar a competência dos meus adversários.

"Minhas traições não dizem menos de você", ela alegava. "São apenas testes, ou melhor, comprovações de que você é o melhor de todos."

Seguiu-se então a longa espera nas noites mal dormidas, das longas horas em que Ada se refugiava em algum hotel com um outro homem, às vezes por dias inteiros. Sentia em mim a vergonha da excitação incontrolável quando ela finalmente retornava e me contava com detalhes o desenrolar da "prova".

Um dia Ada não voltou. O anúncio de que eu havia perdido a competição veio por meio de um pedido de divórcio, no qual ela alegava a minha "fraqueza de caráter", "erro de pessoa".

Afastei do meu pensamento essas lembranças, tentando me concentrar da melhor maneira possível na consulta de Flávia. Pedi alguns exames, mas reassegurei-a de que não seria preciso uma intervenção cirúrgica. O problema seria facilmente corrigido com algumas sessões de fisioterapia. Aliviada, antes de sair da sala ela me deu um abraço apertado. Meu corpo reagiu imediatamente ao seu calor e ao perfume dos seus cabelos. Ela percebeu, para meu embaraço. Então ela disse:

"O doutor André ainda vai ser meu."

"O que faz você ter tanta certeza disso?", perguntei intrigado.

Flávia respondeu:

"Você é o único homem que conheci que não parece se importar com a concorrência."

Em pouco tempo estávamos casados. Durante três anos repetiu-se a mistura de excitação, angústia e humilhação que havia me acompanhado nas longas esperas por Ada, enquanto durou o nosso casamento. Do mesmo modo, eu me consumia de desejo, imaginando o que Flávia estaria experimentando com um desconhecido, quando desaparecia atrás dos palcos. Os tabloides não paravam de mostrar fotografias dela em poses comprometedoras com homens e mulheres. Os cabeçalhos eram quase sempre os mesmos e giravam em torno da mesma pergunta: "Marido misterioso é corno manso?"

Heitor, exasperado, me interpelava, cobrando de mim uma reação. Ele, que havia sido capaz de romper drasticamente com a mãe de sua única filha, privando a mulher da guarda da criança e impedindo-a de ter qualquer tipo de contato com a menina — ou pelo menos assim ele me contou —, não conseguia entender o que me mantinha preso no meu casamento com Flávia, tendo eu sofrido o que sofri com Ada. Bem que tentei, mas não consegui descrever para ele a importância desse vínculo infernal alimentado pelo desafio, pelo risco excitante de uma comparação.

Demorei algum tempo para perceber que Flávia tinha me deixado de vez. Um dia, sua advogada, uma mulher chamada Sandra, me ligou para dizer que Flávia tinha entrado com um pedido de divórcio, alegando divergências irreconciliáveis. Também me ligou Estrela, sua secretária, para dizer que, francamente, havia se tornado insuportável para Flávia continuar eternamente comparando homens, apenas para me excitar.

Deixei Heitor na porta da casa dele, onde agora ele vivia com Virgínia, sua terceira mulher, e segui para o meu apartamento. A chuva agora caía mais forte. No caminho, passei em uma loja de conveniência, para comprar alguns poucos itens. Desde que começou a ameaça de racionamento, eu procurava me precaver, me antecipando e aproveitando qualquer loja que encontrasse aberta, para ver o que ainda estava disponível.

Parada à entrada, abrigando-se sob a marquise, uma mulher cantarolava num inglês razoável:

"Why don't you do right, like some other men do?"

Quando ela me viu, parou de cantar. Sorriu e disse:

"Olá!"

Era alta, cabelos longos e bastante bonita, um pouco mais nova do que eu, mas já não mais uma menina. A saia curta e a blusa decotada um pouco apertadas demais, mostravam um corpo ainda em forma.

"Sozinho, baby?", perguntou, treinada para abordar os observadores da guerra.

Rimos juntos, porque era evidente que ela parecia ter consciência do exagero na sua caricatura de michê. Nisso um carro parou junto ao passeio. De dentro, um homem falou:

"Vamos logo, Tania. Vem que eu vou te mostrar que eu tenho mais do que qualquer um."

Ela então se virou para mim e estendeu uma chave, dizendo:

"Meu endereço está escrito na plaquinha do chaveiro."

No seu olhar, reconheci o brilho da minha própria euforia. Reiniciada a partida, só a morte me impediria de continuar competindo.

4

O avesso

A trama do avesso é a do sentido.
Terminamos por tudo que você calou.
Lívia Garcia-Roza

Foi o que consegui contar à Dra. Beatriz, na primeira sessão: a música alta demais não deixava que eu o escutasse. Ele falava, falava, gesticulando como que "sublinhando" para acentuar as palavras, num hábito que eu só reconheceria mais tarde, à medida que fomos nos tornando íntimos. Impressionado com a sua beleza, para não deixá-lo sem graça fingi que acompanhava o que ele dizia e, de tempos em tempos, eu concordava com a cabeça. Assim ele prosseguia, alheio ao barulho, alheio ao fato de que eu apenas fingia prestar atenção, olhando-o nos olhos. A certa altura, parou de falar, olhando como se esperasse de mim uma resposta. Deduzi que ele tinha me perguntado alguma coisa. Embaraçado, pois eu não tinha ouvido o que ele dissera, falei o mais alto que pude:

"Por favor repita. Não consegui ouvir a sua pergunta."

Ele então fez um gesto de desdém, de "não me importa", e se afastou na direção do bar.

"Pronto. Era só o que faltava tê-lo irritado. Perdi a minha chance", pensei. Resolvi ir embora. O barulho e a fumaça de cigarro já tinham passado da conta, para mim. Eu precisava de silêncio. Com dificuldade, contornei a pista de dança, lotada àquela altura da noite. Alguém se esfregou em mim, tentando me prender num abraço desengonçado e me puxar para a pista. Desviei-me da melhor maneira possível, devido ao espaço exíguo, e caminhei para a saída. Quando cheguei no meio da escada mal iluminada que descia para o exterior do salão, tropecei e quase caí. Salvou-me a providencial mão estendida de alguém que, no meio do escuro, me agarrou com força pelo braço. Só consegui agradecer quando me vi do lado de fora. Então notei que era ele. Tinha vindo atrás de mim, "para continuar a conversa, pois não gosto que não me respondam", como me explicou no dia seguinte.

O ar frio da noite atingiu o nosso rosto como finas agulhas. Ventava forte, mas a chuva que caíra durante todo o dia tinha parado. Era bom aproveitar a trégua, a custo conseguida no meio da guerra.

"Um café ou um conhaque na minha casa?", propus enquanto caminhávamos para o estacionamento onde eu havia parado o meu carro.

"Prefiro um chocolate quente no meu apartamento", ele respondeu.

"Ok. Um chocolate no seu apartamento hoje. Um café e um conhaque na minha casa amanhã. Isto é, se não recomeçarem com o toque de recolher."

Ele riu, mostrando a perfeição de seus dentes muito brancos. Notei uma leve calvície. Não era muito mais velho do que eu, mas parecia mais vivido.

Foi assim que entrei no mundo de Cláudio e ele no meu. Na verdade, um já tinha entrado no mundo do outro, sem saber. Isto se deu no momento em que não consegui ouvir a pergunta que ele me fizera, perto da pista de dança. Eu o havia atraído com o meu silêncio, e isto o deixou irritado e em seguida intrigado — ou melhor, seduzido — pela própria irritação. Quanto a mim, tinha ficado fascinado pela maneira como ele falava, dominando as palavras, quase como que as regendo. Não era sem razão que, como advogado, ele sempre se sobressaía pela oratória.

Eu amava a possibilidade de não ter que dizer nada ou quase nada, proferindo ocasionalmente apenas uma ou outra interjeição com o objetivo de incentivá-lo a prosseguir falando. Eu amava a sua voz. Cláudio passou a gostar do meu silêncio, a minha escuta sempre atenta, por meio da qual eu prestava atenção em tudo que ele dizia, à menor inflexão, ao menor detalhe, à maneira elegante com que ele gesticulava, sublinhando as palavras tal como fizera na primeira vez que nos conhecemos junto à pista de dança. E isso bastava para incendiar os nossos dias, as nossas tardes e as nossas noites. Ou assim pensávamos, envolvidos que ficamos durante dois anos. Como duas metades unidas, um dava ao outro o que ao outro faltava.

Embevecidos com a complementaridade, não percebemos o desastre. O detalhe que tinha acendido a chama era o mesmo que passou a tornar insuportável o nosso relacionamento.

"Fale alguma coisa, Daniel! Quero saber o que você pensa!", Cláudio gritava quando discutíamos, ansioso pela minha opinião.

Eu dizia: "Mas você não para de falar!"

Ele então silenciava, mas isto não fazia brotar em mim as palavras que ele queria ouvir. Assim, diante da ausência das minhas palavras, ele gritava.

Com o tempo as exigências mútuas passaram a exigir um do outro um avesso de que não dispúnhamos. Quando rompemos, Cláudio não falava mais. E eu, desesperado, suplicava:

"Fale alguma coisa!"

Ele sorria, parecendo ter compreendido. Mas já era tarde demais.

Uma noite, dois anos depois que rompemos, aproveitei que as milícias tinham se comprometido a manter a suspensão dos ataques e saí para caminhar. Logo começou a chover. Entrei num restaurante, para me abrigar. Foi quando vi Cláudio novamente. Sentado em frente a um homem bem mais novo, ele lia o menu. De vez em quando inclinava a cabeça, provavelmente para concordar com algo que o rapaz lhe dizia. Quase não o reconheci. Agora usava óculos e um cavanhaque. Também tinha se acentuado a calvície que anos atrás, quando morávamos juntos, era apenas uma leve entrada acima da testa.

De onde eu estava, observei que os dois estavam muito quietos, bebendo o que parecia ser vinho. Por causa do racionamento, os restaurantes já vinham adicionando água às bebidas alcoólicas. O rapaz deve ter notado isso, porque fez uma careta. Ele falou alguma coisa, e Cláudio sorriu. De novo o rapaz disse algo. De novo Cláudio sorriu, mas dessa vez colocou os dedos sobre a boca, como a pedir silêncio. O rapaz pareceu chateado e mudou de expressão, como que para protestar. Cláudio meneou a cabeça, como se esperasse por aquilo. Então começou a falar. Falou durante alguns minutos, sem parar. Depois levantou-se e foi embora.

Antes de olhar o relógio, indicando que o tempo da sessão estava terminando, a Dra. Beatriz retirou um livro da pequena estante que ficava do lado da sua poltrona. Era *A divina comédia*, de Dante. E leu para mim um trecho do Inferno:

"Muito pouco ama, quem com palavras pode expressar quanto ama."

5

Fidel

Há sempre um cachorro latindo ao longe,
protegendo a minha infância.
Lívia Garcia-Roza

Espalhadas sobre a sala de estar, as caixas da minha mudança agora se amontoavam, instalando a desordem num ambiente até então meticulosamente arrumado. Elaine tinha me avisado que me pouparia de sua presença. Tanto que, quando cheguei com as caixas vazias, no início da manhã, ela já tinha saído, me deixando livre para fazer a minha mudança. Combinamos que eu deixaria a cópia da chave sob o vaso de plantas na entrada. Simples assim. Sem mágoas, sem ressentimentos. Mas eu só não esperava encontrar o nosso cachorro, Fidel. Tomei por certo que Elaine, mesmo sob a chuva, aproveitando a suspensão dos ataques, o levaria para um passeio enquanto eu estivesse ocupado com a mudança, a fim de poupá-lo da coisa toda, apegado que ele sempre foi a mim.

Aproximei-me dele, mas Fidel virou a cabeça, me impedindo de tocá-lo.

"Está bem, Fidel. Daqui a pouco falo com você. Agora preciso embalar minhas coisas."

Em menos de uma hora, coloquei tudo nas caixas de papelão: roupas, a velha guitarra sem cordas — que jamais consegui aprender a tocar —, os troféus do time de basquete, o notebook, álbuns de fotografias da minha família, alguns quadros, livros, discos, as pequenas esculturas da época em que eu pensava que me dedicaria apenas à arte. Separei também alguns móveis que, como combinei com Elaine, ficariam comigo. Não era muita coisa, mas não cabiam no meu carro, que era pequeno demais. Então sentei-me para esperar o carreto. A chuva caía mais forte.

Fidel continuava a me evitar. Notei que a vasilha de ração, que costumava estar vazia àquela hora da manhã, estava cheia. Ele não tinha tocado na comida. Fui até a geladeira, de onde busquei uma fatia de presunto, que ele nunca recusava. Mas ele não deu a mínima quando a ofereci. Continuava a me evitar, quando eu tentava acariciar seu pelo. Pior. Numa clara demonstração de que estava magoado comigo, saiu da sala e foi se deitar na lavanderia. Fui atrás dele.

"Fidel", eu disse. "Vamos lá, rapaz! Você precisa entender que..." Eu me peguei dizendo.

Mas Fidel me deixou falando sozinho. Virou de costas para mim, ignorando-me por completo. Daí a pouco notei que ele parecia dormir, o focinho escondido entre as duas patas dianteiras. Voltei para a sala, sentindo-me desolado e impotente.

Eu hesitara muito em ter um cachorro, certo de que eu não suportaria a dor de perder um cão ao qual eu tivesse me afeiçoado, tal como aconteceu tantas vezes na minha infância. Embora Fidel tivesse sido um presente que dei a Elaine no primeiro aniversário de casamento, logo ficou claro que ele tinha me escolhido para ser o alfa, assim que eu o trouxe do abrigo de adoção. Sempre que eu me encontrava em casa, era comigo que ele ficava. No quarto, na hora de dormir, era do meu lado que ele permanecia, deitado sobre o seu pequeno cobertor. Fidel nada pedia. Parecia perfeitamente feliz tendo a minha companhia. Eu cuidava para que a sua vasilha de comida e a de água estivessem sempre renovadas. Também saía sempre com ele em longas caminhadas no parque, sob a chuva; isto quando as sirenes não tinham soado, avisando sobre um possível ataque de uma das facções. E, é claro, conversávamos. Quer dizer, eu falava. Ele ouvia, sempre atento, suas orelhas pontudas reagindo à menor mudança de inflexão, captando tonalidades no meu humor que nem eu mesmo havia percebido. Não tinha como eu me sentir só, tendo a companhia de Fidel. Não apenas porque estava sempre ao meu lado, mas porque ele demonstrava o quanto me apreciava. Ao contrário do deserto afetivo que aos poucos foi se instalando entre Elaine e eu.

No início do nosso casamento, ainda apaixonado, não notei o quanto ela era desligada, sem parecer se importar com a minha presença, sem dar a menor indicação de reconhecer que eu podia estar cansado, entristecido, alegre, excitado ou frustrado. Alheia, sempre debruçada em seu tricô, ela manejava as agulhas sem parar. De vez em quando erguia a cabeça na minha direção, quando eu falava alguma coisa em um tom mais alto. Mas não parecia me ver ou me ouvir de fato. No final, aconteceu mais de uma vez eu ter saído de casa durante dois dias inteiros, para ficar na companhia de alguma outra mulher.

Quando voltava dessas escapadas, Elaine dizia:

"Bom dia, Lucas! Dormiu bem?"

Pasmo, nessas ocasiões eu constatava que ela não havia notado que eu tinha me ausentado, nem ao menos suspeitava que eu a estava traindo. Ou se percebia, não se importava. Quanto a Fidel, entre magoado com a minha ausência e feliz por me ver de volta, sempre latia alto, num tom indignado, como se estivesse protestando, querendo saber por que eu o tinha deixado.

Comecei a pensar no quanto eu me sentia só no meu casamento com Elaine, e tentei falar sobre isso com ela.

"Elaine", eu dizia. "Sinto como se eu não tivesse nenhuma importância para você."

"Como não tem, Lucas?", ela retrucava, interrompendo o tricô. "Você é a pessoa mais importante para mim!"

E logo voltava a tricotar, meneando a cabeça.

"Você diz cada coisa!", murmurava.

Deprimido, eu afundava a cabeça no trabalho, nos relatórios que passei a trazer do escritório para me ocupar nas horas de descanso.

Mais ou menos no início do segundo ano de casamento, comecei a sofrer com uma enxaqueca terrível, para a qual os médicos não encontraram nenhuma causa. Isso foi antes que o conflito entre as facções piorasse, na época em os Mesmos e os Outros ainda não usavam cores diferentes para se diferenciarem. Feitos todos os exames, que afastaram definitivamente as hipóteses mais sombrias, os neurologistas sugeriram que eu fizesse uma psicoterapia. Antes, tirei umas semanas de férias e fui para o sítio de um amigo. Sem Elaine. Mas levei Fidel. Uma vez no sítio, percebi surpreso que a enxaqueca tinha desaparecido. Que alívio era não sentir a dor perfurante na minha cabeça! Segundo a interpretação que consegui construir com a Dra. Beatriz, a minha analista, a enxaqueca era uma reação à solidão que eu sentia na presença de Elaine.

"Você descreve uma mulher que não consegue se ligar aos outros", disse Beatriz. "Ela sempre foi assim?"

De fato, Elaine sempre foi assim. Sem amigos, sem muitos interesses, sempre fechada em si mesma. Ainda criança, perdera os pais em um acidente que, ao que parece, aconteceu durante um ataque feito por uma das facções. Fora criada por um tio, que morreu um pouco antes de nos conhecermos. Como eu disse à Dra. Beatriz, apaixonei-me por sua beleza, no dia em que fui à sua casa para comprar, a pedido de minha prima Silvana, um piano que ela havia anunciado. Não vi o vazio afetivo que Elaine escondia.

Uma noite, quando Elaine tricotava, sentada na frente da televisão, pedi o divórcio. Ela não desviou o olhar do tricô e disse apenas:

"Tudo bem. Eu lhe darei o divórcio, Lucas. Mas deixe o Fidel comigo."

Concordei. Meu coração doeu, apertado. Deixar Elaine não era difícil. Mas largar Fidel para trás, aí já era uma outra história. Demorei alguns dias para me acostumar com a ideia de não vê-lo mais. Aos poucos fui ficando cada vez menos tempo com ele, tentando me desapegar. Ele percebeu a mudança nas minhas maneiras e, depois de passar alguns dias fazendo exigências de todo tipo, foi se desinteressando de mim. Quando eu voltava do trabalho, ele se refugiava na área de serviço, como a me evitar. Como Elaine e eu passamos a dormir em quartos separados, enquanto eu procurava um apartamento na cidade para onde eu iria me mudar, notei que Fidel deixou de me acompanhar na hora de dormir. Seu cobertor permanecia vazio à noite. De manhã, quando eu acordava, via que ele tinha dormido em algum lugar na sala, ou até mesmo na cozinha. Ao me ver, desviava o olhar. Compreendi então que Fidel estava se preparando para se separar de mim.

O carreto chegou com atraso, no final da manhã. A chuva caía ainda, mas menos forte. Não vi Fidel em nenhum momento, enquanto ajudava os rapazes a levarem as caixas para a pequena caminhonete. Eles tinham pressa. Tinham sido avisados de que os ataques por terra logo iriam recomeçar.

Quando voltei para trancar a porta e deixar a chave debaixo do vaso de planta, notei que Fidel olhou rapidamente na minha direção. Em seguida, virou de costas para mim. Meu ex-cão.

6

A vida nova

Começar de novo e contar comigo
Vai valer a pena ter amanhecido.
Ivan Lins

Não parecia difícil. Era só dizer: "Alberto, quero o divórcio." Ele até poderia protestar — o que seria esquisito, pois Alberto não era muito dado a discussões —, mas teria de concordar comigo. Infelizes os dois, por que razão ele ia querer continuar um casamento que não tinha mais sentido? Já não tínhamos nenhum interesse um pelo outro. Há tempos eu nem mesmo me importava com o fato de que ele estava saindo com outras mulheres. Independentes em nossos trabalhos, com fontes de renda individuais, nem ao menos precisávamos do vínculo financeiro do início do nosso casamento. Quando estávamos com outros casais, fingíamos um carinho e uma devoção que todos admiravam. Em geral, depois dessas atuações, cada um se refugiava em seu próprio quarto, enojado. Por que continuaríamos com a farsa?

No dia seguinte a uma dessas encenações na casa de uns amigos, olhei meu rosto no espelho e percebi que a máscara estava sugando a vida que havia em mim, como uma planta daninha. Não reconheci o sorriso amargo, o olhar enviesado. E pensei: "Será que só a morte nos separa?" Então desci para o café da manhã. Sentado à mesa, Alberto lia o jornal. Quando me viu, exclamou em tom irônico:

"Bom dia, Sandra! E o Oscar vai para..." E continuou a ler o jornal.

Fiquei parada de pé, junto à mesa. E falei:

"Alberto, quero o divórcio."

Ele não fez sinal de ter me ouvido, e então tive de repetir, agora em um tom de voz mais alto:

"Alberto, quero o divórcio."

Ele se ergueu da cadeira e olhou para mim. Assustei-me com a força com que, em seguida, ele me empurrou, jogando-me contra a parede. Com o golpe, machuquei a cabeça e desmaiei. Quando dei por mim, estava caída no chão. Escutei Alberto dizer:

"Comece a tentar."

Saí de casa, logo que ficou claro que Alberto não iria embora. A partir desse dia, tudo servia de combustível para a sua fúria, desde as audiências, sempre proteladas pelos recursos jurídicos que, por trabalharmos na área, ambos conhecíamos bem, tudo piorado com as medidas protocolares impetradas ora pelos Mesmos ora pelos Outros, até a interferência dos amigos que, perplexos, se ofereciam para intermediar o que julgavam ser apenas uma crise. Meu automóvel riscado, as ofensas cravadas na lataria ou pintadas na porta da minha nova residência, os telefonemas ameaçadores e difamatórios, tudo tinha a assinatura enraivecida e inconformada de Alberto, do seu ódio diretamente proporcional à determinação em não me conceder o divórcio. Afinal nos separamos, anos depois de um litígio que, tal como o das duas facções que se digladiavam à nossa volta, parecia nunca ter fim.

Com a separação, comecei a estranhar a calmaria. Uma noite, peguei o carro e fui até a casa onde ele tinha passado a morar. Dei uma volta no quarteirão e parei numa rua próxima. Sob a chuva, caminhei até a casa dele. Vi as luzes acesas e escutei o som de música e de vozes alegres conversando. Faziam troça do sotaque dos Mesmos e dos Outros.

"Filho da puta. Divertindo-se sem mim", pensei.

Aproximei-me de uma janela entreaberta e olhei, protegida pelas folhagens do jardim. Não reconheci ninguém entre os convidados. Era a sua vida nova. Vi quando Alberto, de costas para a janela, levantou uma taça de vinho como se fosse brindar.

Então atirei.

7

O homem das palavras de água

Um falso amor
Abrigaste em meu coração
Djavan

Durante anos, depois que nos separamos, a presença de Heitor continuou a me assombrar, embora fosse apenas uma possibilidade, uma lembrança. Mesmo quando estive casada com outro homem, nunca deixei de pensar nele, de imaginar que o veria de repente em algum lugar. Esse pensamento me deixava ansiosa, toda vez que eu saía de casa. Eu me colocava sempre vigilante, olhando em volta para ver se o veria, desejosa de que isso acontecesse e, ao mesmo tempo, horrorizada com a ideia.

De fato o vi por acaso, algumas vezes. Numa delas, eu tinha acabado de entrar no meu carro, em frente a uma galeria de lojas - as poucas que ainda restavam na vizinhança recentemente atingida durante o ataque de uma das facções. De repente, enquanto eu manobrava o carro para sair da vaga, ouvi a voz dele, inconfundível, me chamando:

"Ei, Alice!"

Parei o carro e olhei para fora da janela. Lá estava Heitor, do outro lado da rua, sob a chuva, sempre de terno e gravata, sempre belo. Falava ao celular, mas não interrompeu a conversa. Em vez disso, fez um gesto de comando, para que eu esperasse. "Sempre tirânico." Pensei, dando de ombros e acelerando para sair dali o mais rápido possível. Pelo retrovisor, vi que ele tinha parado de falar ao telefone e olhava intrigado, incrédulo, enquanto eu me afastava.

Numa outra vez, em uma fila de distribuição de alimentos, vi quando ele chegou com uma mulher que deveria ter a metade da idade dele. Era Virgínia, como vim a saber depois. Meu coração ficou aos saltos quando passaram pelo lugar onde eu me encontrava com meu marido, de quem eu já vinha pensando em me separar. Felizmente ele não me viu, embora ficasse olhando em volta, como se procurasse alguém, sem dar muita atenção à mulher ao seu lado. Insisti para que o meu marido me levasse embora, alegando que eu não estava me sentindo muito bem, e logo saímos dali.

Algum tempo depois, vi Heitor novamente, numa das zonas de armistício. De novo estava acompanhado de Virgínia. À distância pude ver como ele se mantinha alheio a ela, e, tal como da outra vez que o vi na distribuição de alimentos, ficava olhando para os lados, como sempre interessado em tudo, menos na mulher ao seu lado.

Na última vez que nos falamos, eu já estava separada do meu marido. Eu estava dormindo, já bem tarde da noite, quando Heitor me telefonou para saber se eu poderia encontrá-lo em algum lugar.

"Por quê?", perguntei, tentando controlar a emoção na minha voz, o que me fez soar com uma indiferença fria que sempre o irritou.

"Ora, porque ainda temos muito o que dizer um para o outro."

Fiquei em silêncio, procurando alguma coisa para retrucar.

"Não, Heitor, isto não vai acontecer. Tudo que tínhamos para nos dizer já foi dito."

Agora era a vez dele de ficar em silêncio. Depois de algum tempo, ele falou:

"Você sempre teimosa, Alice. Mas veja só. Vou entregar os pontos. Meu casamento com Virgínia vai de mal a pior. Camila está muito doente, no hospital. E eu não quero que ela volte a se encontrar com a mãe, que nem sei onde mora, se está viva ou morta. Preciso de você, preciso das suas ideias."

"Precisa das minhas ideias para continuar casado com Virgínia e ajudá-lo a manter a crueldade que é proibir Camila de se encontrar com a mãe?", pensei em dizer. Mas não disse nada. Continuei em silêncio, com o coração batendo descontrolado, uma mistura de raiva e impotência.

"Posso ir aí na sua casa? Ou nos encontramos em algum lugar? Sei que está tarde e tal, mas preciso realmente conversar com você", ele disse.

Heitor não tinha mudado nada. Continuava dando as coordenadas, tomando tudo para si.

"Pego você na sua casa daqui a meia hora."

Não respondi e desliguei o telefone. Ele não viria, é claro. Custei a dormir, indignada, me lembrando das suas mentiras, da maneira como ele me usou para conseguir o que queria, sem o menor constrangimento, sem o menor sinal de reconhecimento pelo que tinha obtido. Em outras épocas eu teria saído correndo da cama, ainda que fosse no meio da madrugada, arriscando-me entre as áreas sitiadas pelos Mesmos e pelos Outros. Ou ficaria esperando por ele horas e horas, ou às vezes dias inteiros, presa em casa, apenas porque eu, cega de paixão, tinha acreditado quando ele dizia que viria, que conversar comigo e me ver era urgente, questão de vida ou morte. Demorei muito tempo para aprender que a palavra dele não valia nem um tostão furado. "Palavras de água", como li em algum lugar.

Na semana passada, alguém me telefonou para dizer que Heitor tinha morrido. Era um de seus amigos, um médico ortopedista chamado André, com quem Heitor costumava sair — ou pelo menos assim ele dizia, pois nunca o vi. "Uma investigação está em curso, porque tudo leva a crer que foi um suicídio induzido", me disse o homem.

"Ora", pensei, um pouco surpresa. "Então Heitor morreu."

Procurei em mim alguma emoção de verdade, além da surpresa com a notícia. Mas não encontrei nenhuma. Na verdade, com o tempo eu havia transformado Heitor em uma possibilidade ruim a ser sempre evitada.

No mesmo dia, li uma notícia curta no jornal, descrevendo as circunstâncias misteriosas da sua morte que, como seu amigo André tinha me falado, estava sob investigação.

Decidi não ir ao enterro. Vê-lo morto introduziria um excesso de realidade no caráter líquido das recordações. Mas fui à missa de Sétimo Dia, que foi hoje. Estranhei a igreja quase vazia, talvez por causa da chuva torrencial. Ou talvez pela ameaça da retomada das milícias. Não vi a filha Camila. Quase não reconheci Virgínia, que parecia ter envelhecido cem anos.

"Pobre Virgínia", pensei. "Heitor deve ter exaurido nela qualquer esperança de fazer dele uma pessoa mais confiável."

Depois da cerimônia, aproximei-me dela e estendi a mão para cumprimentá-la.

"Meus sentimentos, Virgínia", falei, tomando cuidado para não soar falsa, pois o que eu queria dizer era: "Parabéns, Virgínia, você ficou livre."

Ela ficou surpresa ao me ver. Segurou a minha mão e disse com um fio de voz:

"Obrigada por ter vindo, Alice. Heitor sempre foi apaixonado por você."

"Não era verdade, Virgínia. Nada que ele dizia era verdade", falei, com a maior convicção que consegui imprimir ao meu tom de voz.

Virgínia sorriu no meio das lágrimas e disse: "Eu sei, Alice. Mas mesmo assim, é preferível pensar que um dia ele amou alguém."

Despedi-me e caminhei para fora da igreja. Chovia ainda. Aliviada, percebi que nunca mais correria o risco de encontrar Heitor de repente, no meio da cidade. A única verdade a respeito dele é, agora, o fato de que está morto.

O prisioneiro

Quando olhaste bem nos olhos meus
E o seu olhar era de adeus
Juro que não acreditei.
Chico Buarque

Sempre dentro de mim meu inimigo.
E sempre no meu sempre a mesma ausência.
Carlos Drummond de Andrade

Adriana, faz um mês que você me deixou. Nunca será possível saber por que você me deixou.

Ontem à tarde, quando eu voltava para casa depois do trabalho, tive mais um ataque de raiva. Hernandez tentava me acalmar, enquanto eu gritava feito um louco.

"Filha da puta! Filha da puta! Filha da puta!" Eu batia em mim mesmo, me socando feio.

"Não adianta gritar", dizia Hernandez, "você precisa aceitar."

"Aceitar o caralho! Você aceitou quando a Consuelo sumiu?", eu gritava. "Filha da puta! Filha da puta!"

O resto você com certeza sabe, Adriana, mas não vai me dizer. Então nem preciso contar que depois que Hernandez me deixou em casa, depois que eu fingi que já estava mais calmo, tomei o maior porre. Lá pelas tantas, no meio da noite, quebrei muita coisa. Mas me concentrei nas suas coisas. Seus porta-retratos, seus vasos de plantas, seus quadros, as estantes, a sua escrivaninha. Ficou tudo espatifado. Como o meu coração.

Por que, Adriana? Por que você me deixou? Daqui a pouco Hernandez vem me buscar. Estou tentando arrumar a bagunça que fiz ontem. Não quero que ele veja.

Você não está mais aqui. Nunca mais estará aqui. Não aguento. Não aguento não saber. Mas você não vai falar. Você fez de propósito, não foi? Você queria acabar comigo e acabou. Como vou fazer de agora em diante, Adriana?

Ando pela casa. Vou até o jardim. Está um dia bonito, Adriana, agora que a chuva parou um pouco. Nenhum toque de recolher, nenhum ataque das milícias, ainda. Os filhos da puta dos Mesmos e dos Outros devem ter resolvido dar uma trégua. Chega a ser indecente o dia ser tão bonito assim e você não estar aqui para ver. É preciso comer. É preciso ir ao banheiro. Tudo que continua é indecente. Ter fome é indecente. Ver o meu corpo continuar funcionando como se nada tivesse acontecido é indecente. É preciso responder os e-mails, que não param de me mandar. "Receba o meu carinho.", "Mandamos o nosso abraço e a nossa amizade." Porra. Caralho. Tudo isso é indecente. Você não está mais aqui. Por que, Adriana? Por que você me deixou?

Dois meses hoje. Voltou a chover. Esteve aqui um conhecido do Hernandez, um investigador, um cara caladão que manca de uma das pernas. Mas ele não descobriu porra nenhuma.

Todos os dias o Hernandez tem me buscado para me levar ao trabalho. Ainda não estou em condição de dirigir. Pobre do Hernandez. Ele tem ficado praticamente à minha disposição, agora que Consuelo desapareceu. Com infinita paciência, ele me ouve perguntar mil vezes: "Por quê? Por quê? Por quê?" Ninguém pode responder. Somente você poderia responder. E a sua resposta será sempre o silêncio, Adriana.

Em uma das nossas fotografias, que retirei da moldura depois da quebradeira que fiz aqui no mês passado, estou olhando embevecido para você. Os seus olhos azuis muito abertos, como que espantados, parecem focalizar algo além de mim, algo que apenas você via. Se eu soubesse o que era que você via, eu saberia por quê? De repente penso, horrorizado, que você será eternamente jovem nessa fotografia, enquanto eu envelhecerei.

O que vai ser de mim? Hernandez disse que um dia isso vai passar. Falou sem convicção, marcado que está pelo golpe que recebeu de Consuelo. Veja só, Adriana: eu e meu amigo golpeados pelo abandono, cada um a seu modo. Mas diferente de mim, Hernandez prossegue no tempo. Ele me disse que até anda pensando em se alistar, só não sabe se aos Mesmos ou se aos Outros. O problema é que terá de usar um outro nome. Alistar o caralho, falei. Você deve estar brincando,

Hernandez. São todos uns filhos da puta. Outro dia ele me recomendou o nome de uma psiquiatra, uma tal de Dra. Beatriz, com quem ele disse que começou um tratamento. Mas eu sei que isso não vai passar. Fico revendo o filme da memória, tentando descobrir um detalhe, um indício do que viria. O que foi que eu não vi? O que foi que eu não escutei? Estava tudo lá e eu não vi? Como se assim eu pudesse ter evitado! Se eu não tivesse me atrasado. Se eu tivesse me antecipado. Se eu tivesse me lembrado. Se eu tivesse falado. Se eu tivesse perguntado. Se eu tivesse escutado. Se eu tivesse prestado atenção. Se naquele dia. Se naquela tarde. Se naquela noite. Se naquele momento. *Se você tocasse a valsa vienense*. Se. Se. Se.

Três meses hoje. Não me lembro exatamente do que eu estava fazendo quando Hernandez me telefonou naquele dia, para me avisar. Só sei que chovia, é claro, como sempre.

"Um acidente", ele falou.

"Que acidente, cara? Já não basta a porra dessa guerra sem fim?"

Não sei por que, mas na hora não dei muita importância. Continuei fazendo sei lá o quê, como se não tivesse entendido.

Daí a pouco Hernandez me ligou de novo.

"Carlos, já estou chegando aí", ele falou. "Vou te buscar porque você tem de saber. É melhor você ver por si mesmo."

E foi assim que eu fiquei sabendo, Adriana. Foi desse jeito. Pelo Hernandez. Ele me levou para fazer o reconhecimento do corpo.

Então eu vi. Eu berrava: "Olha só, Hernandez, olha só o que Adriana aprontou comigo. Não acredito. Olha só."

E apontei para o que restou do seu rosto, sem acreditar. Os seus olhos ainda estavam abertos, olhando como que espantados para o mesmo ponto em que olhavam naquela fotografia. O seu sorriso tinha sumido. Era agora uma boca séria, os cantos caídos, a expressão amarga. O que sobrou do seu cabelo? Tudo grudado numa massa escura, um contraste com a palidez do seu rosto. As mãos muito maiores do que já eram antes. Antes do quê? Pensei, me dando conta de que, daqui em diante, a vida seria dividida entre "antes" e "depois" desse dia terrível, Adriana, o dia em que você me deixou.

Sem dizer nada, você saiu de casa dizendo que ia fazer compras. Você entrou num banheiro, dentro de um shopping center, fechou a porta e deu um tiro na cabeça, Adriana. Foi isso que você fez, me condenando a ficar aprisionado para sempre no passado, no tempo do nunca mais.

9

O ex-vizinho

Não há perdão para o que não houve.
Lívia Garcia-Roza

O apartamento ao lado, o 302, ficou vazio tanto tempo, que acabei me acostumando com a ideia de que nunca mais teria um outro vizinho depois de Arthur. Nessa época, meu relacionamento com Cláudio já tinha terminado e, para falar a verdade, aos poucos comecei a gostar da sensação de ter o andar inteiro só para mim.

De vez em quando, no hall dos elevadores, eu esbarrava nas pessoas que tinham vindo — menos atraídas pelo anúncio de "aluga-se", colado na vidraça da janela da sala, e mais pelo que se falava nos jornais. Invariavelmente, depois de olhar o imóvel vazio, tocavam a minha campainha para perguntar a minha "opinião honesta" sobre o prédio, sobre o apartamento, essas coisas. Tudo pretexto. Eu falava sempre a mesma cantilena, os prós e os contras de morar num prédio antigo mas situado numa vizinhança tranquila, um pouco afastada das áreas consideradas "zonas de perigo", por causa das milícias. Falava da maneira mais convincente e objetiva possível, para ficar livre do aborrecimento de repetir o que elas tinham ouvido dos corretores. Ficavam olhando para mim como se duvidassem das minhas palavras. Então eu me calava. Era o bastante para então perguntarem o que de fato queriam saber. Que eu lhes dissesse se era verdade o que circulava por aí. Com certeza eu conhecia bem o que tinha se passado, já que morava ao lado, alegavam.

"Então, é verdade o que dizem?", insistiam.

"Bem...", eu falava. "Seja lá o que escutaram, sabem como é, quem conta um conto aumenta um ponto. Tem muito exagero."

"Exagero como? Se não foi exatamente como falam por aí, o que houve, então?"

Nisso, para não prolongar a coisa, eu dizia que estava atrasado, que me desculpassem, mas eu tinha de ir para o trabalho. Era muita chateação. Então resolvi mudar de estratégia e, assim que encontrava no hall um desses candidatos a vizinho, eu me antecipava:

"Bom dia. Veio olhar o apartamento 302? Olha, fique sabendo que tudo que você ouviu sobre o que se passou aqui, não é nem um milésimo do que aconteceu. Foi muito pior. Ninguém em sã consciência vai querer morar nesse prédio."

A tática começou a funcionar. As pessoas agradeciam, um pouco assustadas, e, antes que eu começasse a descrever os detalhes, desciam pelo elevador.

Foi assim até que um dia, ao sair para o trabalho, cedo de manhã, vi a porta de entrada do apartamento 302 aberta. Na sala espaçosa, caixas de mudanças espalhadas. De lá de dentro, vinha o barulho de vozes conversando animadas. Dei uma batida na porta. Dois rapazes vestidos de uniforme apareceram.

"São os novos vizinhos?", perguntei.

"Não. Somos da transportadora. Estamos esperando o novo morador subir para nos dizer onde vamos colocar alguns móveis."

Um pouco amolado com a ideia de ter o apartamento ao lado finalmente ocupado, dei bom-dia e desci. Fui direto à portaria, porque queria perguntar ao porteiro se ele sabia do novo vizinho. Mas não o encontrei. Entrei novamente no elevador e fui até a garagem. A vaga ao lado da minha, que pertencia ao apartamento 302, ainda se encontrava desocupada. Entrei no meu carro, me sentindo entre curioso e frustrado. Quando saí dirigindo da garagem, vi o caminhão de mudanças estacionado junto ao passeio. Na entrada do prédio, sob a chuva fina, o porteiro conversava com um homem alto, barba espessa e boné, que não reconheci imediatamente. Somente quando ele acenou para mim é que vi quem ele era. Assustei-me. Era Arthur. Compreendi que ele tinha voltado para morar no apartamento ao lado do meu.

Passei o dia todo inquieto, mal conseguindo me concentrar no trabalho, perturbado com a ideia de que Arthur tinha voltado a morar no mesmo apartamento de antes. Depois de tudo, isso não deixava de ser espantoso.

A chuva aumentou quando saí do escritório. Fui a um cinema e depois a um bar, onde fiquei fazendo hora, consciente de que eu estava evitando voltar para casa. Na mesa ao lado, um casal conversava sobre a possibilidade de um novo conflito entre os Mesmos e os Outros. O armistício não podia durar, disseram. Logo tudo recomeçaria, como sempre.

Fiquei ensaiando como eu lidaria com Arthur, quando eu me encontrasse com ele na garagem ou no hall dos elevadores. Eu não podia imaginar que conversa poderíamos entabular. Depois da formalidade dos cumprimentos, se estivéssemos esperando pelo elevador, o melhor seria eu ficar calado. Se ele quisesse dizer algo, que o fizesse espontaneamente. Eu guardaria meus pensamentos para mim mesmo. De fato, o silêncio era sempre a melhor estratégia, o que para mim não era difícil. Com isso mais ou menos ensaiado, voltei para casa. A chuva dera uma trégua.

Quando cheguei ao meu andar, vi a luz debaixo da porta do apartamento que agora não mais era simplesmente o "302", que tinha ficado vazio durante nove anos. A presença de Arthur alterava tudo, desorganizava a previsibilidade das coisas. Procurei não fazer barulho com a chave na hora de abrir a porta do meu apartamento. Antes de entrar, vi que a fresta de luz se apagou, sob a porta do apartamento dele. Arthur talvez me olhasse pelo olho mágico. Entrei rapidamente em casa, perturbado com a ideia de que ele vigiava os meus movimentos.

Não o vi durante quase um ano inteiro, embora sempre soubesse quando ele estava em casa, por causa do seu carro na garagem ou dos sons vindos da televisão ou de alguma música que ele tocava na sala, mas nunca em volume muito alto. No mais, Arthur continuava sendo a mesma presença discreta, que não se deixava ver com facilidade. Se ele de fato observava as minhas idas e vindas pelo olho mágico, isso tornava improvável que pudéssemos nos encontrar, se o seu desejo fosse me evitar.

Afinal, eu o vi, já quase na véspera do ano-novo. Eu chegava em casa com algumas compras, poucas, já que tudo estava muito difícil, por causa dos racionamentos. Ele aguardava o elevador. Quando me viu, não disse nada. Cumprimentei-o sem muito alarde, sem erguer o rosto. Ele meneou a cabeça. Em vez de entrar no elevador, ficou como que esperando no hall, enquanto eu caminhava para a minha porta.

"Daniel", ele chamou.

Voltei-me. "Sim?" E o olhei de frente.

Fiquei chocado de ver como ele tinha envelhecido. Os anos na prisão acabaram com ele.

"Eu não matei a Regina", ele disse num fio de voz.

"Eu sei, Arthur."

Ele pareceu perplexo quando eu disse isso.

"Mas se você sabia, por que não falou na época?"

Ele olhou desolado para mim.

"Não era o que Regina queria?", perguntou.

"Me dá licença, Arthur. Estou com pressa. Procure se perdoar", falei, entrando no meu apartamento.

Fechei a porta. Pelo olho mágico, vi que ele abriu a porta do elevador, que ainda estava parado no andar. Ficou um minuto parado. Em seguida, entrou nele e desceu.

Não o vi mais. Sentei-me no sofá da sala, perturbado com aquele breve encontro. Na minha cabeça, a contragosto, revi a cena que durante anos procurei esquecer. Regina caída no chão, no hall dos elevadores, sangue por todo lado, Arthur de pé, gritando, segurando uma faca nas mãos.

Uma semana depois do meu encontro com Arthur, fiz uma pequena viagem, aproveitando o cessar-fogo. Quando voltei, antes de subir para o meu apartamento, soube pelo porteiro que Arthur tinha se mudado não só do prédio, mas para uma outra cidade, onde tentaria viver longe das lembranças. Uma imobiliária já estava começando a trazer pessoas interessadas em alugar o apartamento dele.

Mal consegui esconder o meu próprio alívio. O 302 tinha voltado a ficar vazio. De agora em diante caberia a mim mantê-lo sempre desocupado, exclusivamente para quando Arthur, sufocado pela dúvida, voltasse para buscar de novo a resposta que eu não poderia lhe dar.

O ex-vizinho

10

A entregadora de sentido

Vou ali deixar umas palavras e já volto.
Lívia Garcia-Roza

Foi nessa loja, o meu primeiro local de trabalho depois que mudei para o sul, assim que rompi com Estrela. Não era o emprego de tradutora que eu teria preferido, mas com as vagas cada vez mais difíceis, eu não podia me queixar. Um dia, no final da manhã, eu vi a menina parada na entrada da loja, como se estivesse perdida. Parecia ter uns 15 anos de idade. Era muito magrinha, a pele bem clara, o cabelo louro amarrado num rabo de cavalo. Isto pode não ter nenhuma importância, mas me chamava a atenção aquele rabo de cavalo e aquele corpinho magro de quem não se alimenta direito. Dava pena. Era evidente que a sombrinha vermelha que ela trazia nas mãos não tinha conseguido evitar que suas roupas ficassem molhadas pela chuva.

"Posso ajudar?", perguntei.

Ela apontou para Carlos atrás do balcão do caixa, e disse: "Dona Mariana me pediu para falar com ele."

E continuou parada, como se esperasse permissão para entrar na loja.

"A Mariana da confecção?"

Ela confirmou com a cabeça, sem olhar para mim.

"Carlos! Tem alguém da confecção da Mariana querendo falar com você", falei alto para que ele, distraído como sempre, pudesse ouvir.

Carlos era o nosso gerente. Adriana, a mulher dele, tinha se matado, deixando o pobre coitado num desespero de dar dó. Na época do suicídio foi muito difícil lidar com ele, sempre muito agressivo, descarregando o desespero que sentia em cima de qualquer um. Com o tempo isso foi passando e, no lugar da agressividade, ficou um silêncio ensimesmado.

Ele olhou para a menina e acenou para ela se aproximar. Ficaram conversando algum tempo, mas não prestei muita atenção. Nem notei quando ela foi embora. No final do expediente, Carlos me disse que a menina — o nome dela era Camila — é quem viria trazer as encomendas sempre que Mariana não pudesse vir ela mesma. E foi assim que Camila começou a vir regularmente, a cada duas semanas. Falava pouco, sempre tímida. Se acontecia de Carlos não estar na loja, ela perguntava:

"O senhor Carlos não está bem hoje?"

Eu ficava sempre intrigada porque, mesmo com a cabeça baixa, sem olhar para os lados, ela como que percebia que Carlos não tinha vindo trabalhar.

Quando Carlos estava na loja, Camila ia direto falar com ele. Como na primeira vez, ficavam muito tempo conversando em voz baixa. Eu me aproximava, tentando ouvir o que falavam um com o outro, mas não conseguia. Logo entrava um ou outro cliente e eu tinha de me afastar para atender. Quase sempre eu nem mesmo notava quando a menina ia embora.

Um dia, como Carlos parecia mais desanuviado e não tão fechado, resolvi puxar conversa com ele sobre a menina. Falei das minhas impressões sobre a fragilidade dela, a timidez. Ele retrucou:

"Não, Luna, ela parece frágil, mas não é."

"Você já a conhecia antes de ela vir fazer as entregas?"

"Não", ele falou, voltando ao mesmo ensimesmamento de sempre. E foi só.

Minhas tentativas de conversar com a própria Camila eram sempre frustradas. De olhar sempre baixo, ela não dava nenhuma abertura para prolongar os assuntos.

Algum tempo depois, eu me encontrei com Mariana por acaso. Fui logo dizendo:

"A menina que você tem mandado levar as encomendas é tão tímida." E joguei verde: "Ela só conversa com o Carlos."

Mariana fez como se não tivesse pegado a isca:

"Carlos está melhor agora, não?"

"Se está melhor, não sei. Quem deve saber disso é a sua funcionária, porque ele só conversa com ela", continuei insistindo, buscando alguma informação nas entrelinhas.

Ela então falou:

"A menina tem jeito com pessoas difíceis."

"Só se for isso", retruquei. "Porque com o resto de nós, ela entra muda e sai calada."

"Ora, Luna, meus funcionários são sempre muito discretos", falou Mariana, cortando a conversa.

Entendi então que, se eu quisesse saber alguma coisa sobre as conversas de Carlos com a menina, teria de descobrir por mim mesma. Aborrecida com a ideia, sem ter nenhum plano para resolver o mistério, acabei desistindo de saber o que tanto me intrigava.

"Fodam-se", pensei.

As vindas quinzenais de Camila e as longas conversas em voz baixa que ela mantinha com Carlos deixaram de me interessar. Tanto que demorei para notar quando ela parou de trazer as encomendas e, no seu lugar, Mariana passou a mandar uma pessoa diferente, a cada vez.

Os meses se passaram. Um dia, no final do ano, Carlos anunciou que estava se despedindo do emprego. Mas não disse por que, bem do jeito dele.

"Arranjou um outro trabalho?", perguntei.

"Digamos que sim. Hoje em dia qualquer um pode se alistar. Os Mesmos e os Outros estão precisando de ajuda", foi a resposta.

No seu último dia na loja, ele chegou no final da tarde, juntou alguns poucos objetos numa caixa de papelão e ficou sentado, como se esperasse alguma coisa. Talvez tivesse esperança de que a chuva fosse parar. Já quase na hora de fecharmos a loja, ele me falou, assim sem mais nem menos:

"Camila me disse que sabia por que Adriana se matou. Mas não era verdade, Luna. Isso ficou claro no primeiro dia que ela veio trazer as encomendas, quando então me contou que tinha sido separada de sua mãe, que ela nunca mais viu desde os três anos de idade. Tudo que ela se lembrava era da voz da mãe dizendo: você herdará de mim a tarefa de consolar as pessoas. Deixei que Camila falasse, cada dia uma explicação diferente: Adriana amava um homem impossível, que talvez se chamasse Marcel, ou Heitor ou talvez Juan. Adriana não conseguia amar. Adriana era uma falsa identidade, cujo nome verdadeiro era Elaine, que já não suportava mais a ideia de ser descoberta. Adriana amava uma mulher. Adriana sofria de uma doença incurável. Adriana não admitia que a morte viesse buscá-la, tornando-se assim vencedora. Por isso ela resolveu se matar antes, para ser a única vitoriosa. Adriana não suportava a ideia de envelhecer. Adriana não suportava mais a falta de sentido da vida. Adriana sofria de uma dor impossível de localizar, uma dor tão profunda e inominável que só podia ser eliminada com o suicídio. Adriana envolveu-se com um homem chamado Tomaz. Para provar que o amava, ou pelo menos assim ela pensou, concordou quando ele pediu que ela matasse um desconhecido. Adriana fracassou nessa prova. O desconhecido acabou se matando. Atormentada pela culpa, Adriana cometeu suicídio.

Por mais implausíveis que fossem essas explicações, era bom para mim imaginar que eram verdadeiras. Um dia Camila falou que não ia voltar mais, porque eu já sabia tudo que precisava para continuar vivendo. A tarefa que ela herdara da mãe, cujo nome era Consuelo, havia terminado. Daí ela não voltou mais para trazer as encomendas. Você deve ter percebido que no lugar dela passou a vir sempre um funcionário diferente, a cada vez. No mês passado, fiquei sabendo que Camila morreu."

Carlos parou de falar, como se esperasse que eu dissesse alguma coisa. Fiquei calada, pois não sabia o que dizer. Ele continuou:

"Antes de morrer, Camila queria que eu soubesse que estava indo se encontrar com Adriana, para pedir que me libertasse."

Carlos suspirou, desolado. E disse:

"Seria tão bom se isso também fosse verdade."

Nós nos despedimos um do outro e lhe desejei boa sorte. Tempos depois, soube que ele havia se alistado na Causa dos Mesmos. Seu nome tinha sido trocado por Romero. Foi quando pensei em me alistar também.

A entregadora de sentido

11

"Recordar é viver"

...porque o pensado uma só vez já não se lhe podia apagar.
Jorge Luis Borges

A função da memória é também a de esquecer.
Henri Bergson

"As hortênsias não combinam com nenhuma outra flor. São como as orquídeas. Bastam por si mesmas." Foi a primeira coisa que Sandra falou, assim que entrou no meu consultório. O tom duro da voz soou como se fosse uma repreensão.

Indiquei o sofá, mas ela ignorou o meu gesto. Em vez de se sentar, ficou parada de pé, olhando para o pequeno pote de vidro sobre a mesinha de canto, onde eu havia colocado uma hortênsia azul rodeada de pequenas gipsias brancas. Depois dirigiu-se aos livros na minha estante. Apontou para um deles — *A divina comédia* — e disse com ironia:

"Beatriz, aquela que nos guia pelo inferno..."

Sentei-me na poltrona em frente ao sofá e esperei em silêncio. Depois de tirar a capa de chuva que vestia e pendurá-la no gancho perto da porta, Sandra finalmente se sentou.

Notei a expressão contraída, como se fosse chorar. Deve ter sido uma mulher bonita quando jovem. Agora, o que o seu rosto ainda guardava dos restos da sua beleza se misturava aos traços de amargura e cansaço.

"Na certa você acha que estou contando mais sobre mim mesma quando falo sobre as flores ou sobre o Inferno de Dante", falou, com o mesmo tom duro que usara ao entrar na sala.

"É uma possibilidade. Estou errada se pensar isso?"

"Muito errada, Dra. Beatriz", ela respondeu, olhando para mim com uma expressão de desprezo.

Continuei esperando, sem me mexer. Não era exatamente fácil permanecer relaxada diante da reprovação do seu olhar.

Depois de algum tempo calculando o efeito do que me ocorreu dizer, falei:

"Sandra, podemos passar a sessão conversando sobre a autossuficiência de certas flores ou, se preferir, você talvez queira me contar sobre o seu inferno particular, para que eu possa entender como foi que você conseguiu transformar a sua dor em raiva."

Ela se colocou de pé, como que atingida por um golpe.

"Não vim aqui para ouvir esse tipo de clichê de merda", falou, enfurecida.

"Você veio aqui para quê?"

Ela voltou a se sentar. Ficou calada algum tempo. Então falou, atirando as palavras como se fossem dardos:

"Estou procurando alguém que me ajude a esquecer."

"Se você me contar o que é que deseja esquecer, talvez eu possa ajudá-la."

"Não, Dra. Beatriz. Acho que você não tem competência suficiente."

"Por causa do meu arranjo de flores desajeitado? Ou das minhas preferências literárias?"

O esgar que vi no rosto de Sandra lembrava um arremedo de sorriso.

"Guarde o seu humor para você, doutora. Não tenho tempo a perder."

Calei-me, certa de que não iríamos muito longe. Continuei esperando. De repente ela se levantou e foi embora, sem se despedir.

Mais ou menos uns seis meses depois, Sandra retornou. Parecia infinitamente cansada. Quando ajudei-a a tirar a capa de chuva, notei que perdera muito peso. Ela foi direto para o sofá.

"Tenho pouco tempo de vida", ela disse.

"Era isso que você queria que eu soubesse na primeira vez que veio aqui?"

"Não seja idiota. A duração da minha vida não importa. Agora eu até sinto que é uma bênção o tratamento médico não surtir mais efeito. O que eu queria mesmo era esquecer..."

Parou de falar e olhou para a mesa de canto. No lugar do pote de vidro com hortênsias, agora havia apenas uma bandeja com uma jarra de água e dois copos.

"Desistiu das flores? Alguém me disse que nenhuma flor ou planta sobrevive muito tempo nos consultórios. Muita energia negativa. Ou é a chuva, que não para de cair, que está matando as flores, como tudo mais?"

"Você estava para me dizer que queria esquecer... exatamente... o quê?"

Sandra deu um suspiro e respondeu:

"Eu quero esquecer que matei o meu marido. Quer dizer, já estávamos separados quando matei Alberto. Isso foi há vinte anos, quando eu ainda advogava. Ninguém mais sabe disso, porque nunca falei para ninguém. Depois que nos divorciamos, descobri onde ele estava morando. Uma noite eu fui lá e dei um tiro nele. Nas costas. Um inspetor da polícia, um sujeito que andava mancando, ficou desconfiado, na época. E me encheu o saco. Mas não conseguiu provar nada. Então ficou por isso mesmo. Achei que eu ia ficar feliz depois disso, mas não fiquei. Não tem nem um único dia em que não penso nisso. Na verdade, nem é correto dizer que eu penso. Não é bem um pensamento. É uma cena. É assim: Eu me aproximo da janela da casa de Alberto. Chove, como agora. Escuto música tocando e vozes de pessoas, todos se divertindo. Fazem troça dos Mesmos e dos Outros. Alberto está de costas para a janela, que está meio aberta. Ele segura uma taça de vinho numa das mãos, como se fosse brindar. Sem pensar duas vezes, atiro nele. Com o som alto da música e da chuva caindo, e também porque, mesmo ferido, ele ainda consegue se sentar numa cadeira, as pessoas não percebem que foi baleado. Eu me afasto da janela e corro até o meu carro, que deixei estacionado numa rua próxima. Naquela época não havia câmaras de segurança. Ninguém me vê."

Ela me encarou, esperando que eu falasse alguma coisa. Meu longo silêncio era mais de perplexidade do que propriamente uma manobra técnica. Eu realmente não sabia o que dizer. Depois de algum tempo, Sandra falou:

"Eu sei o que você vai me falar. Você acha que minha vontade de esquecer é um pensamento mágico que me livraria do sentimento de culpa por ter matado Alberto. Gostaria que fosse esta a razão, e às vezes tento me convencer disso porque, sinceramente, eu não esperava ficar esses vinte anos me lembrando todos os dias da mesma cena."

Ela fez uma pausa. Então continuou:

"A outra alternativa que você talvez esteja imaginando, seria me convencer que o melhor seria eu ir até a polícia e confessar, mesmo depois de tanto tempo, para pagar pelo que fiz. Como se houvesse algo que eu pudesse fazer como uma compensação, uma restituição. Mas tenho certeza de que isso não vai resolver o meu problema nem o do Alberto, que está morto. Ficar na prisão não vai me fazer apagar a memória da cena. O que eu queria mesmo era um procedimento feito um que eu vi num filme, uma vez, um mecanismo implantado no cérebro que aos poucos ia apagando as lembranças que faziam a pessoa sofrer."

Sandra parou de falar e me encarou:

"O curioso é que, diferente das personagens daquele filme, eu não sofro com a lembrança. Mas o problema é que a lembrança não para de surgir na minha mente. A cena se repete, sem sair do lugar. E eu não tenho um interruptor para fazê-la desaparecer. Estou cansada de olhar para essa cena."

"Você não sente nada quando olha para a cena? Você a vê agora?", perguntei.

"Sim, eu a vejo agora, como uma cena de filme que se repete. Mas não sinto nada. Sei que você não sabe o que dizer. Nunca ouviu nada igual ao que estou lhe contando, não é mesmo?"

"De fato, nunca ouvi nada parecido", admiti.

Ficamos em silêncio, uma olhando para a outra, um pouco sem graça. No lugar do olhar endurecido da primeira vez que ela entrou no meu consultório, havia agora uma tristeza desesperançada. De repente Sandra se levantou e falou:

"É inútil tentar me ajudar. Eu sei que não há como me fazer esquecer. Nem se você tentasse. Não voltarei mais."

Acompanhei-a até a porta. De novo ajudei-a com a capa de chuva.

Na falta de ter algo melhor para dizer, eu falei, então:

"Se mudar de ideia e quiser conversar, estarei aqui. O que posso fazer é tentar ajudá-la a colocar legendas na cena. Ou, quem sabe, refazer a cena com outros protagonistas, outro cenário. Ou mudar você da posição de protagonista e espectadora, para algum outro lugar."

Ela pareceu surpresa com a ideia. Pela primeira vez sorriu de verdade. E disse, animada:

"É isso! É esta a razão pela qual a cena tem permanecido parada na minha memória! Como não percebi antes que preciso mudar de lugar e permitir que Alberto atire em mim? Fim da história. *The End*. Caso encerrado, doutora."

Antes que eu pudesse dizer qualquer coisa, Sandra foi embora. No dia seguinte, ela me mandou um cheque com o pagamento pelas duas sessões e um pequeno buquê de orquídeas e hortênsias, entremeadas com gipsias. As flores eram de imitação, pois já não era possível encontrar flores de verdade. No cartão, li a seguinte mensagem: "Cara Beatriz, obrigada por me acompanhar pelo inferno a ajudar a mover o filme adiante. Agora que o revólver está na mão de Alberto, posso descansar. "

Algumas semanas depois, li um anúncio no jornal, comunicando o seu falecimento. Nunca ficaram claras as circunstâncias da sua morte.

12

Lealdade

Somos sobreviventes ele disse a ela através da chama do candeeiro.
Sobreviventes? Ela disse.
Sim.
O que em nome de Deus você está dizendo?
Não somos sobreviventes. Somos os mortos-vivos em um filme de terror.
Cormac McCarthy

O fanatismo muitas vezes origina-se na
vontade imperiosa de modificar os outros pelo próprio bem deles.
Amos Oz

À nossa volta, tudo desmoronou com a explosão. Quase não tínhamos onde nos segurar. Ainda meio tontos, usamos um pouco da água dos nossos cantis para molhar dois lenços e, assim, proteger nossos rostos da poeira. Romero logo se colocou de pé, pois parecia mais disposto do que eu, e se ofereceu para sair em busca de ajuda, enquanto eu ficaria descansando. No início recusei, porque era impensável a ideia de ficar ali sozinha, na área fechada pelas barricadas que impediam regastes. Insisti para ir com ele. Mas quando tentei me colocar de pé, não consegui. Afinal, concordei que era melhor que eu ficasse.

"Assim que encontrar alguma ajuda, venho lhe buscar, Luna", ele prometeu, esquecendo-se de que não deveria me chamar pelo meu nome verdadeiro.

E então ele se foi. Protegi-me da melhor maneira, sob os escombros. A pouca munição que eu recebera havia se acabado durante o ataque da semana anterior, o que me fazia sentir muito vulnerável. Recostei-me sobre a mochila e olhei o relógio. Eram duas horas da tarde. Comecei a esperar.

Devo ter adormecido assim que Romero saiu. Quando acordei, estava anoitecendo. A chuva recomeçou a cair, transformando a poeira em uma lama escura que escondia o tamanho dos destroços. O silêncio à minha volta só era quebrado de vez em quando pelo som de pequenas fagulhas nas extremidades dos cabos de eletricidade partidos. Meu corpo doía, sobretudo a perna direita, na altura do joelho. Coloquei-me de pé, aliviada por ter recuperado o equilíbrio. Usei um pedaço de madeira, de uma esquadria solta, para fazer as vezes de uma bengala. Notei um corte no antebraço esquerdo, mas o sangue já havia coagulado e a ferida não parecia infeccionada. Peguei a lanterna dentro da mochila e a mantive perto de mim, para usá-la se fosse necessário. Na mochila ainda havia algum mantimento. Comi um pouco de sopa fria e bebi dois goles de água do cantil. Era importante não beber tudo, para não ter de usar a água da chuva, cada vez mais insalubre. Com uma certa dificuldade, consegui dar alguns passos para explorar o lugar, tomando cuidado para não esbarrar nos fios descobertos e nos cacos de vidro. De onde eu estava, podia ver uma imensa cratera, que era o que sobrara da avenida. Voltei a me esconder e continuei esperando. De tempos em tempos ouvia o barulho de destroços caindo e se espatifando no chão, não muito longe de onde eu estava.

De novo devo ter adormecido. Acordei com o barulho dos trovões e da chuva caindo mais forte. Passava da meia-noite. O lugar onde eu estava escondida se alagava rapidamente, o que aumentava o perigo dos cabos de eletricidade soltos. O estado do meu joelho era lastimável. Sempre apoiada na esquadria de madeira que eu passara a usar como uma bengala, caminhei com dificuldade para fora. Eu me sentia um pouco febril. Mastiguei umas aspirinas que eu trazia na mochila e as engoli a seco.

Ao tentar voltar para o esconderijo, parte da estrutura que ainda restava desabou de repente, o que me impediu de retornar ao mesmo canto em que eu me refugiara. Fui então obrigada a caminhar entre uma ruína e outra, até encontrar um local que me pareceu seguro — o que não foi fácil de achar. Estava muito escuro, e a chuva não facilitava as coisas. Mas acabei encontrando uma espécie de vão meio aberto entre pedaços grandes de uma laje, onde me escondi para não ser vista pelos Outros.

Minha febre cedeu um pouco, mas não consegui dormir, angustiada e preocupada com a ideia de que Romero talvez tivesse sido capturado pelos Outros. Se ele ainda estivesse livre, se ainda estivesse vivo, se ele retornasse, não me encontraria no lugar onde me deixara. Revi mentalmente a história da nossa amizade, desde os tempos na loja, antes de retomarmos o contato durante o treinamento na base. Os sacrifícios imensos, as provas excruciantes, para ele tudo era insignificante. Eu admirava a sua persistência, a lealdade com que ele se dedicava à causa dos Mesmos, à qual tínhamos aderido. Romero estava sempre disposto a combater os Outros, ainda que, de uns tempos para cá, não estivéssemos muito certos da nossa vitória. Eu me dei conta de que, no mundo arruinado, tudo que eu tinha agora era a amizade de Romero. Morrer não seria tão ruim quanto perdê-lo.

Em algum momento durante a noite, a chuva parou. Devo ter dormido um pouco, de pura exaustão.

Passei o dia esperando, de vez em quando me movimentando para evitar que o inchaço no joelho piorasse. No final da tarde, ouvi o som de vozes de homens se aproximando. Com o coração aos saltos, percebi que falavam o idioma dos Outros. Escondi-me o mais rápido que consegui, no vão entre os escombros, e fiquei quieta. Por uma fresta vi que eram três homens. Meu vocabulário no idioma deles ainda era pobre, mas consegui entender que tinham escolhido pernoitar quase em frente ao meu esconderijo. De onde eu estava, somente podia vê-los de costas. Seriam alvos fáceis, mas era inútil pensar nisso agora, quando eu me encontrava desarmada. Logo se sentaram no chão, não muito longe do que deve ter sido, um dia, a porta principal de um prédio, e revezaram entre si um cigarro. Ficaram assim, fumando, muito quietos, sentados de costas para mim.

"Acho que vencemos", disse um deles com satisfação.

"Sim, não deve ter sobrado muitos dos Mesmos, pelo jeito. Se sobrou algum, com certeza vai passar para o nosso lado, a não ser que prefira morrer.

Vigiei-os durante toda a noite, enquanto dormiam. A imobilidade me deu câimbras e piorou ainda mais o inchaço no meu joelho. Mas não ousei caminhar entre os destroços para fugir. A chuva tinha dado uma trégua quando o dia nasceu. Os três homens se levantaram. Fizeram as suas preces e se prepararam para prosseguir. Nesse momento, um deles olhou na direção do canto em que eu me escondia. Nunca saberei se me viu. Ele começou a dizer alguma coisa, mas se calou. A luz do dia mostrou claramente o seu rosto. Era Romero.

13

A ex-casa

Antes de partir senti pena,
fechei bem a porta da entrada e joguei a chave no bueiro.
Julio Cortázar

No dia em que meu pai morreu compreendi que seria impossível manter aquela casa. Eu estava morando no sul, onde estabelecera a minha prática como psicoterapeuta.

Enquanto viveu, meu pai sempre cuidou de cada detalhe, desde o parafuso que tinha se soltado na maçaneta da porta à telha trincada no telhado, da manutenção do jardim à limpeza das vidraças. Quando minha mãe começou a adoecer, ele passou a se encarregar também das tarefas que sempre couberam a ela, como a organização da despensa, a lista de compras, as idas ao supermercado e o cuidado com Fidel, o cachorro.

Muito apegado à minha mãe, Fidel demorou a aceitar as mudanças no seu comportamento e ficava realmente assustado com as crises de agressividade que nela se alternavam com uma profunda apatia. Algum tempo se passou até que Fidel compreendesse que eram inúteis as tentativas de alegrá-la. E ficava realmente magoado quando minha mãe mostrava não reconhecê-lo ou quando ela se assustava com a sua presença. Diante das vasilhas que meu pai passou a encher com ração e água duas vezes por dia, e não constantemente, tal como a minha mãe costumava fazer antes da doença, Fidel hesitava, como que protestando. Também não foi fácil convencê-lo a aceitar sair para a rua, sob a chuva, com o meu pai, sempre que as tréguas entre os ataques das milícias permitiam. Mas com o tempo, Fidel se acostumou. Quando minha mãe morreu, Fidel estava muito apegado ao meu pai e o seguia amorosamente, tal como fizera com a minha mãe, antes da doença se instalar.

Eu tinha chegado cedo, depois que peguei o primeiro avião assim que recebi o telefonema de um dos cuidadores. Tive sorte porque, com o racionamento atingindo também as passagens aéreas, ainda consegui encontrar lugar num voo. Não me importei de pagar uma fortuna por causa disso. Quando entrei no quarto, vi o corpo do meu pai sobre a cama, antes de ser preparado para ser removido. Então era isso, pensei sem muita emoção. Indo de um cômodo para o outro naquela casa que um dia fora tão viva, Fidel procurava algo que não mais recuperaria.

Dias depois do enterro, dei início ao processo do inventário, enfrentando a burocracia ainda mais feroz, devido ao acirramento do conflito entre os Mesmos e os Outros. Durante alguns dias permaneci na casa, decidindo o que fazer com os objetos. Com os cômodos já quase vazios, tudo ecoava, ali, dando a impressão de que o lugar era bem maior do que verdadeiramente era. Situada numa espécie de cul-

-de-sac, eu logo a colocaria para vender, enfatizando, no anúncio, a sua localização no único ponto ainda tranquilo entre as áreas dominadas pelo conflito entre os Mesmos e os Outros. Na foto, destacaria o pequeno portão de madeira rodeado de buganvílias.

Não foi difícil dar um destino às roupas, aos móveis, aos aparelhos eletrodomésticos e aos utensílios de cozinha, que foram doados para uma instituição de caridade. Mas outra coisa foi guardar as ferramentas que ficavam na pequena oficina onde meu pai realizava consertos e serviços de marcenaria, e retirar os retratos de família, os discos e livros das prateleiras do quarto que meus pais costumavam chamar de "sala para alimentar a alma". Num dos retratos, que se destacava no meio dos outros pelo tamanho da moldura, apareço toda sorridente, no dia da minha formatura de primeiro grau. No canto inferior direito, reconheci a minha letra de criança: "Para meus queridos pais, a gratidão de sua filha Beatriz."

Eu tinha arranjado grandes caixas para guardar esses objetos, enquanto pensava no que fazer com eles. Quando comecei a colocar as coisas nesses contêineres, notei que meu corpo doía. A cada objeto retirado do lugar original e colocado nas caixas, a dor se tornava mais aguda. A despeito disso, consegui reunir força e coragem para levar Fidel ao abrigo de animais, onde ficaria até que pudesse ser adotado por alguém.

Isso feito, uma semana depois voltei à casa, antes de anunciar a sua venda. Agora que haviam sido retirados todos os objetos, todas as peças que foram testemunhas da minha história, tudo que me fez ser quem eu sou, a casa era apenas um corpo sem vida, um espaço a ser ocupado por uma outra história.

A dor que eu vinha sentindo há dias não apenas não tinha passado, como agora era insuportável. Conferi se as janelas estavam bem fechadas, na vã tentativa de impedir a entrada insidiosa da umidade provocada pela chuva constante, e saí. Tranquei a porta principal e guardei a chave no bolso. Do lado de fora do portão, surpreendi-me com a presença de Fidel. Ao seu lado, uma jovem muito magra, os cabelos louros atados num rabo de cavalo, tentava abrigá-lo sob uma sombrinha vermelha.

A ex-casa

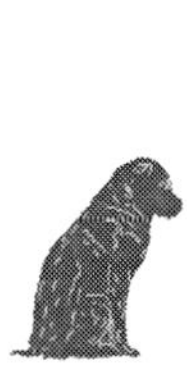

14

Consuelo

Às vezes o que mais dói é saber que vai passar.
Lívia Garcia-Roza

Nunca perdoarei Consuelo. Mesmo depois de tanto tempo, não diminuiu a raiva que sinto dela. Pelo contrário. Minha analista, a Dra. Beatriz, já me disse que não é bom ficar parado no tempo do ressentimento. Mas ela está enganada. A raiva é a minha razão de viver. Nisso eu até pareço com meu amigo Carlos. A diferença é que o Carlos consegue chorar. Eu não. Cultivo uma fúria contida e esse ódio entredentes que me fazem prosseguir e me levantar todos os dias, certo de que a lembrança de Consuelo se manterá para sempre viva numa espécie de cripta dentro do meu coração. Todos os dias eu me lembro em detalhes da sua falsidade, da maneira como ela me usou para ir embora, me fazendo acreditar que precisava visitar a família, esboçando gestos de consideração que me enganaram, me fazendo pensar que eram genuínos. Deixei que ela se fosse e ainda apoiei, mesmerizado por tudo que ela dizia. Custei a entender que, hipnotizado pela sua beleza, por seus longos cabelos castanhos e seus olhos verdes, eu não conseguia enxergar a verdade da sua alma horrenda, da sua falsidade.

Depois de alguns dias, como ela não mandou notícias e nem atendia às minhas chamadas, fui atrás dela. Dolorosamente descobri que não havia parente algum na cidade que ela dizia ser sua cidade natal. Os nomes eram inventados, assim como o endereço, que nunca existiu. Ela havia me mentido para ir embora. Consuelo — ou seja lá qual era o seu nome verdadeiro — era uma farsa.

Não demorou muito e recebi um telefonema do gerente do banco me pedindo para cobrir, o quanto antes, o valor que tinha sido retirado da minha conta deixando-a esvaziada, junto com uma fatura exorbitante do meu cartão de crédito. Todo o meu dinheiro, economias de anos e anos, havia sido roubado por Consuelo. Cego de amor, eu havia dado a ela as minhas senhas. Custei a conseguir uma negociação no banco, até que eu pudesse quitar a dívida. Não fosse a consideração do gerente, que se apiedou de mim, eu teria ido à falência. Fui à polícia, permiti que os investigadores fossem à minha casa e devassassem o lugar, para recolher impressões digitais que possibilitassem descobrir a identidade de Consuelo — o que deu em nada. Nunca encontraram nenhum registro com o seu nome. Um dos investigadores, um sujeito caladão que andava mancando de uma perna e, sei lá por que, preferia ser chamado de “inspetor”, se interessou pelo meu caso. Ele não conseguiu esconder a surpresa quando contei que não tinha nenhuma fotografia dela.

"Como não, Hernandez? Ela morou com você durante um ano inteiro e vocês nunca tiraram uma foto juntos?", perguntou espantado.

"Ela não gostava de ser fotografada. Dizia que dava azar." Foi a minha resposta. E era verdade. Consuelo nunca se deixou fotografar. O Carlos bem que tentou, na única vez em que ela concordou em sair para ser apresentada a ele e à esposa, Adriana, que ainda vivia nessa época. Mas na hora da foto, Consuelo virou o rosto.

Certo de que Consuelo era uma golpista profissional, o inspetor disse que, com certeza, a essa altura ela já havia mudado a cor dos cabelos e o penteado e trocado a cor dos olhos por lentes de contato. Então ele fez retratos falados com várias alternativas de rostos estampados em cartazes, que foram espalhados pela cidade.

Durante algum tempo, acompanhei a busca, até que o inspetor chegou à conclusão de que era inútil continuar. Suspeito que esta era também a opinião da Dra. Beatriz, mas ela nunca me falou isso assim, "na lata". Consuelo provavelmente mudou de país, ou de identidade — se é que já teve uma de verdade —, me disse o inspetor, ainda mais se fosse uma espiã dos Mesmos. Ou dos Outros, tanto faz. Pelo tom da voz dele, fiquei na dúvida se ele sentia pena de mim ou se me ridicularizava pela minha ingenuidade.

"Esqueça, Hernandez", ele disse. "Você foi vítima de um golpe. Podia ter sido pior. Infelizmente isso acontece. Vamos torcer para que ela se dê mal algum dia, se tentar fazer isso de novo."

Mas não desisti de encontrá-la. Procurei por toda a parte. Voltei várias vezes ao lugar onde eu a vi pela primeira vez, na saída de um cinema. Nunca me esqueço desse dia. Quando a sessão terminou, chovia forte e ventava muito. Embora meu carro estivesse estacionado a apenas uma quadra, hesitei, desanimado de sair correndo sob a tempestade. De repente alguém me tocou no braço. Eu me virei e vi o rosto mais lindo do mundo.

"Tem um cigarro?", ela perguntou.

"Não fumo."

"Eu também não. Mas queria puxar conversa", falou, abrindo seu belo sorriso de dentes perfeitos.

Um pouco encabulado e ao mesmo tempo muito atraído pela sua beleza, não hesitei em lhe oferecer uma carona, assim que a chuva diminuiu e foi possível sair para a rua.

"Você parece um homem bom", ela falou, aceitando a carona.

Tão logo entramos no meu carro, perguntei o seu nome. Ela disse:

"Meu nome é Consuelo, porque meu pai me disse que a minha missão seria trazer consolo e um propósito às pessoas cujas vidas são vazias e sem graça. Ele sempre me disse que um dia eu teria uma filha e essa filha, que se chamaria Camila, herdaria de mim essa mesma tarefa."

Contou que estava de passagem na cidade e hospedada num hotel. Convidei-a para jantarmos em algum lugar, mas ela recusou. Então eu a deixei na porta do hotel, não antes de dar a ela o meu telefone. Aliás, esse hotel foi um dos primeiros lugares onde o inspetor esteve, na esperança de encontrar algum registro com o nome de Consuelo. Mas ali não havia nada sobre ela, nenhuma informação.

Dois dias depois que a conheci na porta do cinema, sem que eu tivesse esperança de que fosse me ligar, Consuelo me telefonou no meio da tarde. Perguntou se eu podia me encontrar com ela num café.

"Não consigo tirar você da minha cabeça", ela falou.

Não hesitei nem um minuto, excitado com o tom da sua voz. Larguei tudo e fui me encontrar com ela. De lá, já saímos para a minha cama, onde eu me perdi dentro do seu corpo perfeito. Passamos o resto da tarde e toda a noite trepando loucamente, numa sede que não passava, um pelo outro. Na manhã seguinte, propus que Consuelo fosse morar comigo. Ela não pensou duas vezes e aceitou. Ofereci para buscar as coisas dela no hotel, mas Consuelo disse que não precisava, pois era apenas uma pequena mala e ela poderia trazê-la mais tarde. Então dei a ela a chave da casa e disse:

"Fique à vontade. Esta casa agora é sua." E saí para o trabalho.

Assim que foi morar comigo, Consuelo pediu demissão do emprego — que, como ficou claro depois de tudo, nunca existiu. Propus casamento algumas vezes, mas Consuelo dizia que era melhor assim, na condição de "namorados amantes".

"Ainda não é a hora", ela dizia, diante da minha insistência.

Também insisti para que ela me apresentasse à sua família, que ela dizia morar no interior. Muitas vezes eu a ouvi conversando ao telefone com parentes, pais e irmãos, sempre num tom muito amoroso e preocupado, e nunca passou pela minha cabeça que fossem encenações. Quando o inspetor rastreou esses telefonemas, descobriu que nunca foram dados.

O idílio durou um ano. Revelada a farsa, cheguei a me perguntar por que, entre tantos outros homens, ela escolhera justamente a mim. Sua voz reverberava dia e noite na minha cabeça, repetindo, sensual: "Você parece um homem bom, diferente dos Mesmos e dos Outros." Ou então, num tom infantil e ingênuo: "Meu nome é Consuelo, porque meu pai me disse que a minha missão na vida seria trazer consolo e um propósito às pessoas cujas vidas são vazias e sem graça. Um dia terei uma filha. Ela vai se chamar Camila, e herdará de mim essa tarefa."

Nessas horas eu praguejava, numa fúria que me excitava. O engano que Consuelo tinha sido para mim, a raiva que me provocava, eram também o meu tesão, a minha razão de ser. Nem sei dizer quantas vezes imaginei que eu atirava nela ou a esfaqueava, se eu a encontrasse por acaso em algum lugar. A imagem do seu corpo perfeito sendo perfurado em pontos vitais me acendia e me levava ao gozo, em segundos.

Com o tempo essas fantasias cederam e deram lugar a uma raiva surda, a um ódio calado e frio que nem mesmo aqueles que me conhecem bem, tal como Carlos e a Dra. Beatriz, conseguem entender. No mais, sigo indiferente, alheio ao que se passa ao meu redor. Ando pensando em me alistar. Se eu o fizer, terei de mudar meu nome, como me disseram. Tenho notícia de que os Mesmos precisam de alguém chamado Félix. Não me importo de ser chamado de Félix. Enquanto não me alisto, continuo morando na mesma casa, e me pergunto se isto tem a ver com a secreta esperança de que Consuelo um dia possa se redimir e voltar, implorando o meu perdão. Ou então, quem sabe, eu a reencontrarei uma noite, num bar. Ela entrará como que perdida, o salto de uma das sandálias quebrado, pedindo emprestado um celular. Não me reconhecerá de imediato quando eu lhe estender o meu aparelho, e provavelmente vai se fazer passar por outra pessoa. Eu a trarei para cá, onde tudo vai se resolver. Essa minúscula possibilidade me mantém vivo. E é nisto que seu nome começa a fazer todo o sentido.

15

Intermezzo

O que se tece em solidão e silêncio, não se desfaz apenas porque se quer.
Armand Lancestrong

Apesar da insistência dos pais, integrantes de uma orquestra sinfônica, Elaine sempre recusou as lições de música. No início, expressou essa recusa por meio de uma desobediência pirracenta — "coisa de criança", diziam os pais, certos de que, mais cedo ou mais tarde, ela cederia. Mas isso não aconteceu. Diante do piano aberto, Elaine emburrava, obstinada, sem nem ao menos olhar para o teclado. Ou então, quando parecia concordar em seguir as aulas, atacava o instrumento de modo desafinado e desajeitado, incapacitada de ouvir as notas ou de reproduzi-las. Quando ela podia se refugiar no seu quarto, escondia a cabeça debaixo do travesseiro, como se tentasse se proteger da música. Não demorou muito e Elaine começou a chorar ao ser levada para as aulas de piano, como se isso fosse um castigo, e tornou-se arredia e deprimida. Inconformados, seus pais se recusavam a aceitar o fato de que Elaine, na verdade, preferia o silêncio.

Uma noite, quando voltavam de um concerto, eles se envolveram num grave acidente de carro, com certeza um atentado nas áreas controladas pelos Mesmos ou pelos Outros, e morreram. Por ser ainda menor, Elaine passou a ser cuidada por um tio, que veio morar na casa.

O tio não era de muita conversa, o que, para Elaine, era providencial. O homem passava a maior parte da semana trabalhando fora da cidade, nas chamadas zonas de armistício, e deixava a sobrinha com duas empregadas que se revezavam para cuidar da casa e atender a menina no que ela precisasse. Mas Elaine não precisava de muito. Não fazia muitas exigências. Nunca mais ser obrigada a tocar o piano que de agora em diante ficaria sempre fechado, nunca mais ser obrigada a conversar, não precisar interagir, isso era como se fosse um sonho realizado.

Uma das empregadas a ensinou a tricotar, e Elaine encontrou nisso uma alegria nunca sentida antes. Enquanto tricotava, tecia um alheamento que a protegia e a reassegurava de que tudo estaria bem. Elaine amava a solidão. O ruído das agulhas era sempre preferível ao som do piano ou ao som das vozes.

Seu tio morreu quando ela atingiu a maioridade. Pouco tempo depois, ela mandou as empregadas embora e colocou o piano à venda. A chuva não parava de cair quando uma tarde, da janela da sala, Elaine viu um rapaz se aproximar do portão e tocar o interfone. Quando ela atendeu, ele disse que se chamava Lucas e estava interessado em comprar o piano que ela havia anunciado. Ela o deixou entrar, sem largar o tricô. O rapaz ficou visivelmente impressionado com a beleza de Elaine e de suas mãos, enquanto ela tricotava. Elaine nunca se envolvera com homem nenhum. Mas sentiu-se atraída por Lucas quando ele lhe disse:

"O piano não é para mim. É para uma parente, minha prima Silvana. Na verdade, não tenho o menor talento musical. Até tentei aprender a tocar guitarra, mas não deu certo."

Logo os dois começaram a sair juntos e em pouco tempo se casaram. Lucas pensou que a solidão e o silêncio eram algo que Elaine deixaria para trás.

16

O ex-inocente

Não se pode evitar as consequências das próprias decisões.
Armand Lancestrong

O amigo dissera:

"Você pode escolher entre a loura e a morena. É difícil, porque cada uma é melhor que a outra."

Para Tomaz não fazia diferença com qual delas seria. Havia saído a contragosto, empurrado pelo amigo, na esperança de poder desistir na última hora e sumir. Ainda lhe doía a dor da separação.

O amigo se ofereceu para levá-lo, e Tomaz acabou aceitando. Atravessaram a cidade sob a chuva, até um bairro retirado, meio devastado pelas milícias, e pararam em frente a um bar que se destacava pelo letreiro de neon meio quebrado. Assim que saiu do carro do amigo, Tomaz escorregou numa poça e caiu. Com isso, seus óculos se quebraram.

"Puta que pariu!", praguejou irritado.

O amigo riu dele e disse, enquanto o empurrava para dentro do bar:

"Melhor assim. Você não vai enxergar mais a feiura deste mundo." E foi embora.

Tomaz entrou sozinho no ambiente esfumaçado, o que tornava ainda mais difícil que ele se localizasse sem os óculos. Afinal encontrou o balcão. O barman atendeu o seu pedido e serviu-lhe uma dose de uísque. Duas mulheres se aproximaram. A mais baixa, de cabelos louros, perguntou se ele queria companhia. Tomaz concordou. Ela se sentou no banco ao seu lado, enquanto a outra, um pouco mais alta, de longos cabelos escuros, desapareceu na penumbra. A sensação de fumaça nos olhos muito míopes, mais o álcool que lhe subiu rapidamente à cabeça, o fizeram sentir como se estivesse sonhando.

A mulher loura ao seu lado encostou-se nele e falou qualquer coisa sobre a guerra e a chuva. Tomaz olhou em volta, tentando ver aonde a mulher mais alta tinha ido. Foi então que sentiu um toque firme no ombro. Tomaz assustou-se. Quando olhou, viu que ela tinha voltado. A moça segurou firme no ombro dele e o olhou de cima, imóvel, majestosa, numa rigidez de estátua, o rosto muito branco desfocado mas expressivo em uma certa dureza. Mesmo com a dificuldade para enxergar, Tomaz viu que era um rosto muito belo. A imobilidade dela e a mão firme com que ela pressionava o seu ombro o excitaram e o deixaram alheio ao que a outra, a mais baixa, falava ao seu ouvido. Embaraçado, sem saber o que dizer ou o que fazer, permaneceu imóvel quando a mulher entregou-lhe discretamente uma chave e disse no seu ouvido:

"Meu endereço está na plaquinha do chaveiro. Espero você lá amanhã."

Ele agarrou a chave e a guardou.

Envolvido pela mulher loura sentada ao seu lado, ele se deixou levar, enquanto a outra desaparecia do seu precário campo de visão.

Tomaz não se lembra mais. Não se lembra de ter trepado com a mulher pequena e loura que dormia ao seu lado. Não tem certeza. Pode ter sido, pode não ter sido. Ainda chovia. Era domingo, metade da manhã tinha passado. Ele sabia que agora viria a pior parte. Despertar a mulher, evitar olhar o seu rosto, evitar deixar-se ver, depois pagá-la, vê-la ir-se embora. Ela era apenas um corpo, uma vida da qual Tomaz não tomaria conhecimento.

Tentou despertá-la, tocando-a no braço. A mulher gemeu, recusando-se a compreender. Ele insistiu, agora mais forte, até que ela acordou.

"Está na hora de ir?", ela perguntou, amuada. Mas não criou caso. Desembaraçada, mas já ausente, ela se levantou da cama e dirigiu-se ao banheiro, enquanto Tomaz saía do quarto.

Depois de receber o dinheiro, a mulher saiu do apartamento. Tomaz já fechava a porta quando ela se voltou e disse:

"Cuidado com a Tania."

Tomaz não teve tempo de perguntar por quê.

"Então o nome dela é Tania", pensou.

A mulher entrou no elevador e ele se viu só, dominado por uma grande ansiedade. Em segundos ele se lembrou da chave e das palavras ditas pela moça alta no bar. Lembrou-se também da excitação que sentiu ao ouvir a sua voz baixa e um pouco rouca, dizendo em tom de comando: "Espero você lá amanhã." Tomaz disse para si mesmo que não havia como não atender àquele convite.

"Talvez tivesse sido um sonho", pensou.

Mas não. Dentro do bolso do casaco, Tomaz encontrou a chave com um endereço escrito numa pequena placa de metal.

Então era isso. O desconforto de se ver sozinho na manhã chuvosa de domingo. Nenhum vestígio da mulher loura com quem ele passara a noite, a não ser as palavras repetidas na sua cabeça, em um tom meio sarcástico: "Cuidado com a Tania."

A urgência, a curiosidade, a solidão, a chuva, o tédio, o telefone da ex-mulher sempre ocupado, o tom cinzento que as coisas iam tomando à medida que o dia se arrastava, cigarros meio fumados, a televisão ligada numa programação imbecil, a monotonia das propagandas dos Mesmos e dos Outros, sempre trocando acusações. De novo a urgência, a lembrança meio vaga de uma mulher alta, de cabelos compridos, revelando-se no meio da fumaça para lhe dar uma ordem, como se fosse um ultimato: "Espero você amanhã."

Tomaz não teve coragem de usar a chave que a moça lhe dera na noite anterior. Em vez de abrir ele mesmo a porta, preferiu esperar do lado de fora do portão, até que ela atendesse a campainha. Ajeitou os óculos sobressalentes que felizmente tinha encontrado. A chuva tinha parado. Em seu lugar, agora a neblina cobria a cidade com seu manto gelado.

"Entre", ela ordenou quando o viu.

Ele obedeceu, entrando na sala aquecida e mobiliada de modo simples.

"Sua amiga me falou para eu ter cuidado com você", disse Tomaz ao estender para ela a garrafa de vinho.

A moça sorriu. Ajudou-o a tirar o casaco e os sapatos e disse qualquer coisa sobre a chuva. Tomaz não prestou muita atenção. Bebeu de um sôfrego o copo de vinho que ela lhe serviu. Ela se sentou perto dele no sofá. Pálida, tinha qualquer coisa de um brilho de porcelana no rosto. Os olhos muito verdes, os lábios perfeitos que ela mantinha sempre meio abertos. Tomaz avançou para a sua boca quando ela disse, abrindo o fecho do vestido:

"Venha me comer."

Horas depois, deitado ao lado dela na cama, Tomaz não conseguia pensar. Apenas sentia seu próprio corpo vibrar, extasiado. Evitou olhar os detalhes do quarto, mas não pode deixar de ver um retrato sobre a prateleira de uma pequena estante. Na foto, Tania sorri de mãos dadas com uma menina magrinha e muito loura, que aparenta ter uns três anos de idade. Muito séria, a menina segura nas mãos uma sombrinha vermelha.

"Sua filha?", Tomaz perguntou.

"Camila. Ele a tomou de mim quando ela ia fazer quatro anos de idade. Nunca mais a vi. Não pude nem mesmo vê-la quando ela morreu, há dois anos", foi a resposta. O tom de lamento na voz dela fez Tomaz parar de falar.

Tomaz olhou atentamente para a foto. Tania parecia feliz naquela época.

"Tania, o que você quer que eu faça?"

Ela abriu uma gaveta sob o criado e tirou de dentro um revólver.

O coração dele deu um salto.

"Ele não merece viver", ela falou.

O olhar dela era de quem apenas pedia. Mas Tomaz ouviu como se fosse um comando. Ele então pegou o revólver e o guardou no paletó. Voltou-se para ela e a envolveu com os braços, para sempre perdido:

"Tania, apenas me diga onde e quem."

Ela ergueu o rosto e, antes de dar novamente o seu corpo, disse:

"O nome dele é Heitor. Mas não me chame de Tania. Meu verdadeiro nome é Consuelo."

O ex-inocente

17

Máscaras

A essência do desejo revela o vazio.
A. H. Lin, depois de ler Jacques Lacan

1. O profeta

"Chove em Andaluzia. Chove em Hong Kong. Chove em toda parte. Nunca mais vai parar de chover essa chuva ácida e fina que corrói tudo, até a nossa esperança. Tudo será sempre tarde demais. Nem as crianças se salvarão."

Pronuncio essas palavras finais diante da plateia inquieta que me ouve. Minha voz soa grave e implacável. Alguém ri de pura ansiedade. Faço uma reverência e me retiro da cena.

Depois, é claro, rio de mim mesmo. Rio das pessoas que me levaram a sério, pagando caro para ouvir "Manuel, o visionário". Contrataram até mesmo tradutores intérpretes, fluentes nas línguas dos Mesmos e dos Outros. Quando estou pronto para sair, uma mulher se aproxima, animada, e me cumprimenta pela palestra. O nome dela é Suzana. Pelo menos é o que ela me diz. Não é muito bonita, um pouco acima do peso, mas para mim isso não importa. Aliás, prefiro esses tipos que passam despercebidos por não terem nada de atraente. Em um minuto eu a convencerei a passar o resto da noite comigo, em um motel. Ela corresponderá de bom grado ao que eu proponho na cama, entusiasmada com a ideia de que foi a única escolhida, entre tantas outras na plateia, para trepar com "Manuel, o visionário". Talvez ela nunca descubra a farsa. De qualquer modo, antes da noite terminar, eu já terei ido embora, pensando no meu próximo papel.

O futuro não passa de um esquema. Nem precisa ser perfeitamente planejado. O que importa é a ingenuidade da presa.

2. O professor

Alguns meses depois, por acaso esbarro em Suzana na fila de uma agência bancária. Ela não me reconhece sob a barba grisalha, que eu usava então. Noto que engordou ainda mais. Parece distraída, enquanto lê um exemplar de *Vanidades*. Puxo assunto, carregando um sotaque portenho e dando um tom mais grave à minha voz. Ela logo se anima quando me apresento como professor de espanhol. E me diz que, por coincidência, estava pensando em se matricular num curso de línguas para aprender o castelhano, porque vai passar um tempo trabalhando em Buenos Aires, para fugir um pouco do conflito entre as duas facções, que aqui se agravou. Pelo menos é o que ela diz. Quando saímos juntos do banco, sob a chuva, eu a levo para um café, onde ela tem a primeira aula. Quando afirmo que, sem sombra de dúvida, ela é a minha aluna favorita, Suzana já está completamente apaixonada. Eu a acompanho até o quarto alugado onde ela mora, uma espécie de república. De novo, tal como na outra vez, ela se entrega docilmente aos meus comandos. Deixo-a dormindo, no meio da noite. Antes, escrevo num pedaço de papel que deixo sobre o criado: "A boa aluna é aquela que traz em si a paixão pelo saber." E assino embaixo o nome "Juan", que ela pensa ser meu, junto com um número de telefone. Sorrio quando penso que no dia seguinte, quando ela tentar me telefonar, ouvirá a gravação automática: "Este número não existe."

3. O corretor

Tal como eu havia lido no anúncio, a casa fica numa espécie de cul-de-sac, um ponto excepcionalmente tranquilo entre as áreas dominadas pelo conflito entre os Mesmos e os Outros. Estaciono o carro e fico olhando um minuto, antes de me decidir sobre o que fazer. A chuva cai forte. Afinal, abro a porta e desço do carro. Tentando não me molhar, corro até o pequeno portão de madeira rodeado de buganvílias, bastante afetadas pela acidez da chuva. Ali está pendurado o anúncio de "Vende-se." Abro o cadeado com uma das duas chaves que eu tinha buscado na imobiliária e entro. Assim que fecho o portão, alguém chama do lado de fora:

"Viemos ver a casa!"

Volto a abrir o portão de madeira. Do lado de fora, um casal divide um guarda-chuva.

"Vamos entrar! Estou aqui para mostrar a casa", falo com toda a convicção, indicando a porta principal, para onde corremos.

Para me apresentar, digo que me chamo Marcel, o primeiro nome que me ocorre. Eu poderia ter usado meu verdadeiro nome, Heitor, mas não o fiz, para evitar que a realidade estragasse a mágica, secando as palavras. Mal consigo olhar o rosto da mulher naquele momento, pois ela não diz nada e logo começa a percorrer a casa, indo para o andar de cima, enquanto o homem e eu entabulamos uma conversa sobre o imóvel e os preços no mercado, agora um pouco mais em conta por causa da possibilidade de retomada das negociações entre os Mesmos e os Outros. Falo coisas gerais, para dar a impressão de que estou atualizado nessas informações.

"Minha noiva e eu queremos uma casa mais ou menos como esta. Será que a imobiliária aceita alguma contraproposta?", ele pergunta.

"É possível. Mas você não vai acompanhar a sua noiva para ver o imóvel?"

"Sim, claro", ele diz, afastando-se e indo para o segundo andar da casa.

De onde estou, posso ouvir suas vozes. A mulher parece exaltada, mas não consigo entender o que ela diz. Tenho a impressão de que o homem procura acalmá-la. Daí a pouco, descem. Ela passa rapidamente por mim, de novo sem me olhar, e sai da casa, como se estivesse com pressa. O homem para, meio desconsertado, e diz:

"Esta casa não serve."

"Por que não?"

"Minha noiva diz que não compraria nada na sua mão."

"Ora. Será que ela suspeitou da impostura?", pergunto para mim mesmo.

Diante do meu olhar intrigado, o homem fala:

"O senhor me desculpe, mas minha noiva tem essas desconfianças de vez em quando. Desde que foi enganada por dois homens que a violentaram, um que dizia ser profeta e outro que se passava por professor de espanhol, ela vive dizendo que os vê em todo lugar. Ela acha que eram mercenários dos Mesmos ou dos Outros. Virou uma obsessão. Algo no senhor a fez se lembrar deles. Sinto muito."

"Eu é que sinto muito, se a fiz lembrar-se desses bandidos", digo, dando o tom mais sincero possível à minha voz.

O homem se despede e sai. Da janela da sala, vejo quando ele coloca o braço carinhosamente sobre os ombros da mulher e a leva até um automóvel estacionado do outro lado da rua. Não tenho certeza de que essa mulher me lembre qualquer outra que tivesse caído na minha conversa. Talvez esta se pareça um pouco com Suzana, por causa do sobrepeso. Mas não estou muito certo disso. Então, num impulso, corro até eles. O homem já começa a ligar o carro quando bato levemente com os dedos na janela. Ele abaixa o vidro.

"Desculpem. Vocês parecem gente de bem e não posso deixar de lhes dizer a verdade. Não sou o corretor, mas o proprietário da casa. Não confio em corretores, ainda mais em tempos de crise, e por isto estou eu mesmo vendendo o imóvel. Aqui está o número do meu telefone, caso mudem de ideia."

O homem pega o cartão, no qual escrevi o nome "Marcel", com o qual eu me apresentara, e o número do telefone que eu vinha usando naquela semana. Vejo quando ele estende o cartão para a mulher, que o guarda dentro da bolsa.

Dois dias depois a mulher me liga, dizendo que tinha mudado de ideia e que queria ver a casa de novo. O noivo não poderia vir, pois estava trabalhando, ela diz.

No horário combinado, vou até a casa, depois de ter apanhado novamente as chaves na imobiliária. Espero com um misto de excitação e curiosidade. Quando ela chega, não perde tempo e logo me agarra, faminta. Faço o que ela pede, sem muita escolha debaixo do seu corpo pesado. Depois, saciada, ela se levanta e diz:

"Quero ver você me desprezar agora, seu filho da puta. Sei quem você é."

Faço que não estou entendendo.

"Quem você pensa que eu sou?", pergunto, intrigado com a minha própria pergunta.

"Não importa. Você tem o que sempre busquei. Uma máscara sem rosto."

Deixo-a ir-se embora. Devolvo as chaves na imobiliária e jogo fora o celular. Com o passar dos dias, começo a sentir um temor que não me é familiar. Certo de que eu fui atingido por uma maldição, passo a evitar os espelhos, horrorizado com a ideia de ter sido roubado da minha própria imagem.

18

Ex-amor

Do lugar onde antes era o coração, agora jorra o nada.
Autor desconhecido

A doçura da sua voz me chamando no meio da noite, o calor da sua pele sob a minha mão, a maneira como você escorregava debaixo dos lençóis para se aconchegar a mim, o perfume dos seu cabelos, a carícia dos seus dedos subindo pelas minhas pernas, o jogo de provocação e recusa, até a entrega. A hesitação, o riso, o choro agradecido, a espera no dia seguinte, o tempo que parecia não passar quando estávamos juntos, a chuva e a guerra atrapalhando os planos para um dia à beira-mar, os longos telefonemas. E seu nome tatuado no meu braço, como um escudo, um bracelete, uma inscrição mítica que deveria tudo eternizar. Tudo isso passou, exceto a guerra.

Agora que não a amo mais, eu quase respiro de alívio. Posso caminhar até a janela e olhar a cidade o quanto eu quiser, sem ter de ouvir os seus ruídos pela casa, as suas imprecações, as suas intromissões, a sua raiva diante do piano quando não conseguia a nota exata, o tom que você idealizava como perfeito para sei lá qual sinfonia. "Maldito piano, nunca pedi a porra desse piano!", você dizia, esquecida do fato de que você mesma insistira para que seu primo Lucas o adquirisse, por isso pagando uma fortuna por ele.

Agora posso pegar qualquer livro na estante e ler quanto tempo eu quiser. Posso interromper a leitura e deixar o livro aberto sobre o sofá. Posso não fazer nada, sem ter de me colocar de prontidão para lhe dar explicações. Posso não ter o que dizer. E isso é bom. Isso me dá um alívio danado. Não ter de olhar a sua expressão de eterna dúvida, a sua desconfiança atroz, seus olhos sempre à beira das lágrimas toda vez que eu não sabia como dizer a pronúncia correta de alguma palavra nos idiomas dos Mesmos e dos Outros, que agora éramos obrigados a aprender. Não ter de justificar os meus silêncios, os meus lapsos, isso tudo me enche de alegria.

Eu me sento perto da janela e espero a chuva parar. Ao longe, o resto de um incêndio em alguma vizinhança atingida pelo último ataque, já não me importo mais de saber se foi um ataque dos Mesmos ou se dos Outros. Você não está aqui para me lembrar que é preciso fechar a janela quando chove. Seu nome tatuado em meu braço parece escorrer. Para mim, a chuva é uma benção. Numa apresentação que ouvi ontem, um homem apresentado como um profeta, e que eu sigo investigando, dizia que não vai parar de chover nunca mais: "Tudo será sempre tarde demais. Nem as crianças se salvarão". Ao ouvir isso, as pessoas ficaram inquietas. Mas eu não me importo. Pode cair um dilúvio que continuarei a flanar, feliz da vida, nesse espaço infinito que se abriu na minha vida, agora que estou livre do amor que sentia por você.

Por alguma razão, talvez por causa da menção às crianças que ouvi na apresentação ontem, hoje me lembrei do filho que não tivemos. Por um momento fiquei triste, admito. Mas passou. Esse filho teria hoje 17 anos. Talvez 20. Estaria do lado dos Mesmos ou dos Outros? Teria herdado a cor dos seus olhos? Ou a cor dos seus cabelos? Teria o seu talento musical? Ou andaria à noite, em desvario, à procura de diversão, como você costumava me acusar quando eu demorava a voltar para casa, enquanto eu estava apenas fazendo o meu trabalho, investigando crimes nesta cidade assombrosa ? Eu me perguntei.

Ainda bem que não tivemos esse filho. Sem descendentes, privilegiados que você e eu somos, estaremos livres um do outro no momento em que a Terra se tornar um ex-planeta, como o triste Plutão. Livres da tortura que foi, durante tanto tempo, tentar adivinhar a essência de cada um para se apropriar dela, como se fosse o pedacinho que faltava para compor o sentido da vida.

Não. Estamos livres de tudo isso, você e eu. Ou pelo menos eu ficarei, agora que não sinto mais amor por você. Não mais verei o seu chapéu preto de abas caídas, que aprendi a temer. Livre do perfume dos seus cabelos, do som da sua voz, do calor da sua mão, do exaspero da saudade que já se substitui rapidamente pela indiferença. Nada disso significa coisa alguma para mim. Foi assim com Maria, que também deixei de amar.

Agora caminho leve pela casa, num espaço antes atravancado pelo nosso dia a dia. Minha perna sempre será manca, mas agora posso ficar à vontade com esse defeito que, para você, era imperdoável. Ainda tropeço nas sombras, nas antecipações dos hábitos, nas expectativas das desforras, das pequenas trapaças. Mas isso vai passar. Logo chegará o dia em que tudo vai se acalmar. Você vai morrer dentro de mim. Eu morrerei dentro de você. Esta é a essência da liberdade, no dia em que ficarmos completamente livres da dor que cultivamos enquanto tentamos tornar essa morte impossível.

Por isso, rasurei seu nome tatuado no meu braço. ~~Silvana, meu amor~~

Ex-amor

19

Para agitar os relógios

Se o amor se nutre da ausência, ao ódio é necessária a permanência.
J. -B. Pontalis

Na primeira vez, entro em silêncio no quarto, sem acender a luz, tateando meu caminho feito uma enguia, cada centímetro deslizado sem dificuldade dentro desse lodo que aprendi a conhecer tão bem, a fumaça do cigarro, o odor dos cinzeiros sempre cheios, a falsidade das palavras, uma das abotoaduras perdida ou esquecida numa outra noite, os jornais espalhados, as garrafas, o meu chapéu preto de abas caídas, que se transformou em um troféu, nenhum de nós soube quando, o abajur queimado, as omissões, o olhar azul sempre inocente com que ao mesmo tempo lia o jornal e fingia espanto ao me ver perguntar, perguntar. Então, movendo-me mais um pouco no fundo, sem precisar de mais nenhum cálculo, estendo a mão para frente até quase encostá-la em seu peito, sem vacilar, perfurando bem ali, num único golpe, no ponto ensaiado, onde seu coração deverá parar assim que ele tentar se erguer para saber, para tentar entender, quase entendendo, mas não conseguindo acreditar.

Na segunda vez, ele sai do carro depois de algum tempo, sempre arrastando a perna. Anota algo na agenda eletrônica, depois desliga o celular, acende um cigarro, espera um pouco sob a chuva fina, não vê ninguém quando olha em volta (é que me tornei invisível sob o lodo), parece aliviado, anda três passos até a portaria, para um minuto antes de apagar o cigarro, depois procura alguma coisa no bolso do paletó, não encontra, volta para o carro estacionado, abre a porta, entra com metade do corpo debruçando-se sobre o banco do motorista para abrir o porta-luvas, de onde retira um embrulho de presente do tamanho de uma caixa de fósforos que ele contempla com uma certa alegria e guarda lentamente dentro do bolso. Nesse exato momento, disparo o tiro que o liquida em um segundo, mas a tempo ainda de deixá-lo ver, iluminado por uma dobra do tempo sob a noite, meu rosto indiferente à sua dor.

Uma semana inteira se passa antes que me anime de novo, tendo ficado deitada a maior parte dos dias, imóvel não sei se de cansaço ou de tristeza, pois, por toda parte da cidade, os gestos se tornaram inúteis, todos os sons intensos demais, as cores, pelo contrário, embaçadas, descoradas, sem que eu consiga avaliar precisamente nem o montante do estrago nem o ganho da eliminação. Decido, então, pôr ordem na casa: afino o piano, ajeito os objetos no devido lugar, arejo o ambiente e renovo as plantas. Isso me dá uma disposição e, ao final dessas providências, percebo que já está na hora de enviar pelo correio o bolo de chocolate que ele só desembrulhará quando for de noite, depois que voltar do trabalho, e que, entre curioso e entediado, provará apenas para ficar imediatamente asfixiado, tarde demais arrependido de sua gula, ao mesmo tempo em que tentará ler o cartão no qual, com a caligrafia que só ele reconhece, ofereço, com amor, um bocado da sua última refeição.

Todos esses crimes estão cheios de erros, fáceis demais, cheios de pegadas que eu nunca poderia apagar. Por isso, depois de cada um deles, o detetive experiente que ele é se ergue, mais vivo do que nunca, e tudo recomeça, ambos desmemoriados, nadando com maior ou menor velocidade na correnteza de nosso ressentimento e da nossa desesperança, esbarrando um no outro pela casa. De vez em quando uma palavra consegue ser proferida com clareza e ressoa ali mesmo onde nada se firma, onde tudo se apaga, onde não nos encontramos mais. Sempre na hora errada, quando um de nós já se arrependeu. Por isso mesmo, reinicio o gesto que me levará esta noite a danificar o freio do seu carro, de modo que, na descida mais íngreme, justo sobre a ponte, ele não conseguirá parar e, desgovernado, cairá nas águas que o levarão cada vez mais para o fundo.

Ela pensa que não posso vê-la na escuridão, e nisso ela está um pouco certa, pois nos tornamos hábeis em nos confundir com as sombras, as coisas que não têm mais nenhuma importância. Contudo, a tensão que vem do seu corpo é como a eletricidade, de modo que, se eu me mover sob as cobertas, um choque de dois mil volts me imobilizará ali mesmo, queimando o que resta da minha vontade, do meu desejo. Ela se aproxima lentamente, e já posso escutar os ecos de um pensamento que lateja vindo de fora, "não faça isso, não faça isso", e, de outro lado, "sim, faça o que tiver de fazer", porque tudo se tornou irremediável, não podemos mais corrigir o que escrevemos, o que não deixa de ser uma lástima, mas também uma consequência que teríamos de bancar se não fôssemos criaturas de papel. Quando ela sai, depois de ter acertado o alvo, pensa aliviada que acabou com tudo. Amanhã ela se surpreenderá com a natureza indelével do traço que carrega em seu corpo e em sua memória.

Preciso anotar o que tenho de fazer nos próximos dias. Está cada vez mais difícil recomeçar. Tudo se apaga, embaralhado na espiral da inutilidade. O dia começou pesado. De novo ela disse, mais cedo, que iria embora, afinal. Não a vi pela manhã, e à tarde não telefonei para saber. Deve ter levado o chapéu preto, pois não o encontrei no lugar usual. A bateria do celular está acabando. Melhor assim. Ninguém vai chamar para interromper uma cena que nem acontecerá. Pensei ter guardado o presente no bolso, mas agora percebo que ficou no carro. Volto para pegá-lo. Ali está. Pena que ela nunca verá o brilho dessa aliança cujo sentido óbvio ela logo poderia recusar em nome da hipocrisia que já não suportamos manter. Uma onda e mais outra trazendo o que não podemos mais evitar. De repente o rosto dela aparece meio sem espessura, por detrás de uma escada, ou de uma reentrância em um plano de superposição. Nessa cena em que se optou pela sombra em um tom mais acinzentado, escorrego mortalmente ferido junto ao meio-fio, enquanto ela se retira, alquebrada, sob a máscara da indiferença. "Que ironia", ainda penso, "a vítima é o próprio investigador".

Há dias tudo em volta está mergulhado no caos. A irritação da sala desarrumada, o mau humor dos pratos sujos empilhados sobre a pia, a provocação dos cinzeiros cheios de pontas de cigarro, as plantas secas, a geladeira vazia, a poeira fina da hostilidade, o piano aberto com as partituras espalhadas, tudo se parece com nossos olhares desviados, o esbarrão involuntário com que procuramos manter a distância mais longa possível um do outro. Isto quando ela não está deitada e imobilizada em seu silêncio, na ausência de qualquer reação. Mas de repente, numa manhã ela se levanta, alimentada por uma disposição febril, e arruma tudo de novo. Nesse dia, quando chego em casa, vejo que o correio trouxe uma caixa embrulhada em papel dourado que abro, com uma certa surpresa. Alguém enviou para mim o que parece ser um bolo de chocolate. Mastigo um pedaço, que em um instante me queima por dentro e me impede de respirar, enquanto leio enraivecido o cartão que só ela pode ter escrito, em que, com seu tom irônico, recomenda que eu dê lembranças a Cérbero.

Recomeçamos tudo na segunda-feira, atingidos pela culpa e pelo desejo de reparação. Trilhamos de mãos dadas o caminho inteiro dos nossos equívocos, realizando uma espécie de auto de fé diante de um tribunal formado por duas cadeiras vazias onde deveriam estar sentados os filhos que nunca tivemos. Ela confessa que me matou todas as outras vezes. Eu digo que mereci. Ela espera a condenação. Eu também. Prometemos um ao outro coisas que jamais cumpriremos. Nossas palavras são ecos de nada, já que, enquanto falamos, eu na verdade penso em estar longe dali a qualquer momento, ela pensa no cálculo que precisa fazer para soltar uma das peças do freio do meu carro, para que eu perca o controle e caia no rio, morrendo afogado, hoje à noite.

Um dia ela me liga, anos depois. Sua voz, como a de um fantasma, tornou-se inconfundível, já que é a única voz que eu não esperava ouvir no meio da insipidez dos anos, das investigações estéreis, das escolhas erradas. Fala de uma vez só, mas lentamente, para que cada uma das palavras possa dizer o que tinha para dizer, sem sombra de dúvida, que só amou a mim, e que, por isso, tudo o mais valeu a pena. Fico emocionado e ao mesmo tempo devastado. Peço para vê-la e, para minha surpresa, ela concorda. Na hora combinada, perco a coragem várias vezes, pois minha covardia agora anda muito pior do que antes. Afinal consigo ir. Chego um pouco atrasado, por causa da chuva. Os Mesmos e os Outros prometeram assinar uma trégua. Minha perna dói. Ela abre a porta com a elegância que sempre a distinguiu. Pergunto pelo chapéu de feltro preto de abas caídas. Ela disse que ele nunca existiu. Ainda consegue me desconcertar, envolvida em uma fina aura de mistério. Não dissemos nada e já começamos a nos enganar. Foi isso que sempre nos atraiu um ao outro, nossa imensa capacidade de ferir ali mesmo onde não existimos, onde apenas supomos, onde não existem limites. Por isso nos desviamos um do outro, nos deixamos, nos matamos, instigados pelo enigma do que poderia ser dito, do que poderia ser ainda escrito.

Os anos passam e um dia eu telefono, inquieta. Digo o que ficou por dizer, antecipando o efeito que poderia causar. Concordo em recebê-lo à tarde, para um café. A cidade retoma aos poucos a rotina, aproveitando o armistício. Ele chega vestido no velho uniforme de inspetor de polícia, mancando, pesado, como se arrastasse pelo pé, acorrentado como uma bola de chumbo, o peso de seus erros. Basta meia hora de conversa e silêncio para instalar-se de novo o circuito da impostura e da crueldade. Ele diz que veio — e talvez continue a vir, se eu quiser — só para agitar os relógios, porque, apesar da guerra sem fim, a inércia e a acomodação o estão matando com uma morte pior do que qualquer uma das mortes que eu executei. Talvez seja uma boa conversa, afinal, esta que se dá no momento em que nos olhamos verdadeiramente, antes de concordarmos que o destino que merecemos é aquele que nos transformará em puras entidades textuais. Desse dia em diante, estaremos aprisionados para sempre na estante de uma biblioteca, à espera do gesto de alguém que, numa noite de insônia, sozinho em seu quarto, em sua infinita generosidade, nos dará, com sua leitura, a consistência que nunca conseguimos nos dar enquanto vivemos.

A estação dos escolhidos

Acorde. É hora de morrer.
Blade Runner

No oitavo círculo do Inferno de Dante é onde ficam os fraudulentos.
Armand Lancestrong, surpreso com a descoberta.

Estando perto, não podia deixar de vê-lo. Heitor subia a escada à minha frente, alheio, um pouco tenso, como se estivesse tentando se equilibrar. Não me viu, nem parecia ver nada à sua volta, ocupado que estava consigo mesmo, tal como Tomaz o havia descrito para mim.

No final da escada rolante, Heitor hesitou um segundo antes de dar um passo. Quase tropecei nele. Felizmente decidiu-se e saiu andando, agora mais rápido, entre as pessoas.

Não foi difícil segui-lo dentro do shopping. Ele andava rápido, mas previsível: livraria, casa de discos, tabacaria, café, cinema. Na bilheteria tentou apresentar um ingresso comprado, já expirado, e foi obrigado a comprar outro. Disse um palavrão em um tom baixo, que só eu pude ouvir.

Entrou na sala escura e logo se sentou, na primeira cadeira que encontrou. Sentei-me duas filas à sua frente, não muito longe, mas onde era difícil vigiá-lo. Alguém levantou-se bem atrás dele, e fui o mais rápido que pude para a cadeira desocupada. Podia sentir o cheiro do perfume que ele usava e senti náusea. Procurei olhar para a tela até passar a sensação desagradável. Era uma comédia, mas ele não achava graça nenhuma, e por um momento tive a impressão de que estivesse dormindo. É agora, pensei, abrindo a bolsa sem fazer barulho.

Já tendo instalado o silenciador, aproximei o revólver do encosto de sua cadeira. Ele empertigou-se de repente, como se adivinhasse, e olhou para trás. Guardei a arma e pensei, pela primeira vez, que nunca conseguiria fazê-lo. Ele me encarou e disse com um sorriso forçado:

"Que droga de filme, hein?"

Não respondi, assustada. Era óbvio que Heitor não dissera isso pensando que eu deveria responder. Talvez só quisesse se desculpar por ter me dado um susto. Na verdade, eu é que devo tê-lo assustado, se é que ele de fato tinha notado alguma coisa. Pareceu entender que eu não ia conversar, e voltou a assistir à comédia. Daí a pouco sua risada ecoou estridente pela sala de projeção. Afundou-se ainda mais na poltrona, e então ficou quieto. Arrisquei retirar de novo o revólver e fazer uma segunda tentativa. Mas exatamente nesse momento ele tornou a olhar para mim e perguntou direto:

"Quer sair e tomar um chope?"

Mal tive tempo de esconder a arma debaixo do casaco. Foi então que, colocando a sua mão sobre a minha e apertando-a suavemente sobre o revólver, Heitor falou baixinho:

"Use isto quando estivermos a sós. Agora vamos sair daqui."

Guardei a arma novamente dentro da bolsa e saímos do cinema. Ele me levava pelo braço, autoritário, mas doce. Na entrada do restaurante, eu hesitei. Ele tentou me encorajar com um pequeno empurrão.

"Venha, não vamos demorar. É só um chope."

Sentamos, um em frente ao outro, como dois velhos conhecidos que não precisam se falar muito. Ele pediu dois chopes e bebeu os dois. Não falava nada, nem me encarava de verdade. Finalmente disse:

"Eu não deveria perguntar por quê. Mas vou, assim mesmo. É pela falsidade ideológica? Está fazendo isso pelo Tomaz? Pela Consuelo? Alice? Virgínia? Ou pela Suzana?"

Nesse momento ele me pareceu muito mais velho do que era de fato.

"Não tenho nem mesmo o direito de saber. Isso é chato", continuou, dando à sua voz um leve tom de lamúria que ele logo trocou por um tom mais seco ao pedir a conta. Pagou e estendeu a mão para mim. Eu a segurei, e a senti áspera e dura. A sensação de náusea voltava em ondas, aguda. Respirei fundo.

"Pelo menos me diga o seu nome", ele implorou.

Respirei fundo e disse: "Adriana."

"Não fique tão ansiosa, Adriana. Não vai ser difícil. É a sua primeira vez? Dos Mesmos ou dos Outros?"

Não respondi, e ele concluiu:

"Da próxima vez você não vai nem pensar, você vai ver."

Levantei-me tonta, nauseada, incapaz. Ele ajudou-me com o casaco, mantendo-me junto a ele em um abraço forte para que eu não caísse. Eu podia sentir a sua respiração e, a custo, afastei-me um pouco para não desmaiar.

"Quer que eu peça água?"

"Não, obrigada. Vou ficar bem", respondi.

Sentei-me de novo, secando a testa com o lenço que ele estendeu para mim. Ele abriu a minha bolsa e retirou dela o revólver. Apontou para si mesmo e me disse:

"Veja como é fácil."

Tive certeza de que Heitor não estava brincando e que iria puxar o gatilho. Fitei-o, paralisada. Mas para minha surpresa ele apontou para mim. Vi que ele poderia fazê-lo, sem dúvida. A sensação de náusea desapareceu. Meu coração bateu acelerado.

"Então, como é? Você consegue ou não? Vai ficar aí parada me olhando com esses olhos azuis?", perguntou sério, olhando bem dentro dos meus olhos.

Meu silêncio pareceu encorajá-lo, e então ele depositou o revólver sobre a mesa. Acendeu um cigarro e propôs, como era de se esperar:

"Diga a eles que me perdeu."

"Não posso."

"Vou facilitar as coisas para você. Saio da cidade. Desapareço."

"Não dá. E se já fomos vistos?"

"Não fomos vistos."

"Não tenho certeza."

Heitor parecia exasperado, mas começou a fumar e me tranquilizei com a ideia de que ele pensava de novo por nós dois. Agarrou minha mão e puxou meu rosto para perto de sua boca, tentando me beijar. A princípio resisti, mas como era previsto, entreguei-me à voracidade da sua língua. Não era ruim, pelo contrário. O que não me agradava nada era senti-lo cada vez mais vivo, sua respiração quente entrando onde não deveria. Afastei-me quando uma das suas mãos já subia experiente debaixo da minha saia. Ele se recompôs, pondo-se de pé. E disse, irritado:

"Então faça o que tem de fazer."

Olhei para ele, desanimada:

"Não consigo, você sabe." Passou então pela minha cabeça que não seria fácil explicar ao Tomaz a razão da minha desistência.

Heitor recomeçou a fumar o cigarro esquecido no cinzeiro.

"Temos de sair daqui", disse.

"Sim, é isso. Vamos sair."

Heitor guardou o revólver dentro do bolso do paletó. Saímos do restaurante, na direção da avenida em frente ao shopping. Comecei a andar mais rápido, na intenção de me afastar dele. Estávamos perdidos, pensei. Ele correu atrás de mim algum tempo. Depois parou. Olhei para ele a uns cem metros da ponte. Parecia cansado. Estava muito quieto e agora era evidente que não pensava mais em ir atrás de mim. Olhava para a ponte iluminada e talvez se lembrasse com horror dos novos regulamentos. Ou talvez não pensasse mais em nada.

Um táxi parou ao meu sinal e, antes de entrar no carro, ainda olhei para Heitor, parado no outro lado da avenida.

Vi quando ele retirou de seu casaco o revólver, apontando-o para si mesmo. O chofer me perguntou duas vezes para onde eu ia. Só consegui responder depois que o vi cair. O tiro fez com que ele caísse de costas, batendo a cabeça estourada em uma pilastra.

"Vou para o sul", falei, sem parar de olhar para trás.

Ainda vi quando as pessoas que passavam em volta do corpo dele se desviaram, indiferentes. Vi também quando o inspetor aproximou-se para a verificação. Andava mancando, como se sua perna doesse. Tarde demais, constatou. Mas no tempo certo, pensei.

Olhei para o chofer. Ele também vira.

"Mais um!", ele falou, ligando o taxímetro. "Só hoje foram vinte. Bela estação!"

"Sim", eu disse. "Bela estação."

21

Memória em quatro enganos

No fundo, esse foi sempre meu sonho.
S. Beckett

1. Depois

Ainda não está na hora de compreender. Não está tão escuro, ainda não se acabaram as coisas. O que é possível fazer? Depois de fotografar, não dar corda no relógio, não consertar os quadros tortos, desligar o mesmo CD que se repete há horas, não pegar o telefone quebrado que ainda está jogado no chão, não varrer os cacos do copo quebrado. Mas de algum modo é necessário interromper qualquer coisa nessa sequência interminável de repetições. Aí, quem sabe, tudo talvez se esclareça, e então será possível dominar o que ainda está no começo, com uma luz branda que não produzirá nenhuma alteração a não ser essa mesma, a de mostrar a desordem, mostrar razoavelmente bem que toda vez que Félix vai embora, costuma deixar traços de destruição pelo corpo da casa.

Nunca são os mesmos traços, nunca nos mesmos lugares, como se Félix fosse também outra pessoa, alguém cujo nome um dia foi outro, embora às vezes se repitam os objetos, os restos dos objetos, como os seus cigarros fumados até o filtro, onde a marca ainda se lê meio queimada, mas visível. Sua boca encostou ali, e dá arrepios pensar nisso, enquanto cinzeiros são esvaziados, dezenove cigarros fumados em poucas horas, uma vez foram vinte e nove cigarros. E outros traços de sua passagem ali na pia do banheiro onde ele fez a barba, um pouco de espuma cinzenta, a mistura de sabão com a cor do resto de sua barba raspada a contragosto. A sujeira displicente de sua rotina, um descaso que, em outra situação, não seria tão desrespeitosa. Agora não, agora é uma lembrança lavável, mas indelével, de que ele esteve aqui e, é verdade, barbeou-se, lavou-se, enxugou-se com esta toalha agora jogada no chão, vestiu de novo seu terno azul-escuro, a cor de uma das milícias. Não prestou atenção ao que ouvia, nem se deu ao trabalho de fazer de conta, olhou o relógio parado, reclamou, disse para si mesmo que já ia embora, foi embora. Isso. Assim, sem confusão, sem nenhuma dúvida. E, no entanto, terrível o suficiente para pensar que qualquer um teria desmoronado em seu lugar.

Sem que ninguém tenha se queixado, de algum modo é implacável o silêncio, assombrosa a imobilidade, lenta mas irreversível a descostura das juntas, das reentrâncias, de tudo isso que permanece sendo sobras, restos que se desfazem e se desfazem e se desfazem eternamente. E a dureza das coisas que não cessam de mostrar que a memória persiste, a febre da memória adoecida, a insistência silenciosa de um esquecimento apenas desejado e por isso perdido, já revolvido na água onde as palavras e os espelhos se dissolvem.

O inspetor anota tudo isso e suspira, exausto. Sua perna dói.

2. Antes

Imóvel em seu vestido despedaçado, esta, que se diz chamar Lúcia, foi aos poucos perdendo o contorno das sombras, desligando aqui e ali os fios, os dedos machucados indo e vindo na banalidade das pontas, nada muito agudo, nada muito súbito, nada imprevisível, mas a dor, mas a boca aberta tentando respirar. Esta, que hoje se apresentou como Lúcia, é a mesma que esteve aqui anos antes. Andou pela casa, fingindo que estava só reparando nas coisas, enquanto abria uma por uma as cento e cinquenta minúsculas presilhas que se enganchavam enervantes entre os fios de seda ou de cabelo ou de uma teia. Félix tentando ajudar, mas suas mãos tinham pressa e pareciam feitas para rasgar, não para dedilhar, nem tecer. Ele se erguera confuso e agitado, talvez com uma outra fome, esbarrando nos aparelhos da casa em perfeita ordem, tudo funcionando entre os fios, luzes *stand-by*, "Scotch and Soda", em seguida "Poinciana", escolha você, eu não, você, eu não encontro k. d. lang cantando "So in Love". E então, como em uma cena trocada de lugar na sequência rascunho, Lúcia caindo no tapete, os punhos, a violência em Félix sem aviso. O pretexto para Rosebud desgastada. Lúcia começa a ser outra, agora alguém cujo verdadeiro nome ainda hei de descobrir, alguém sem voz para dizer o porquê, amargo acaso no meio da noite que será preciso investigar.

3. Entreato

Ou então tudo se rompeu a partir do momento em que ela apareceu segurando nas mãos a sandália com o salto quebrado, despenteada, pedindo emprestado um celular. Félix imaginou que ela fosse tropeçar no último degrau da escada, mas depois percebeu que ela andava como se flutuasse, e esse foi o seu primeiro engano. "Eu a reconheço. Pessoas assim não existem", pensou. E ela era tragicamente como qualquer outra, embora toda a devastação provocada só fosse avaliada tarde demais, na solidão infernal de suas perdas e danos. Mas ele não, ele, Félix, não tinha nada a perder. Nenhuma dívida, nenhum elo. Porque, afinal, ele é só um homem, mesmo que mais um, escolhido por acaso e diferente dos demais apenas pela raiva que sobe por dentro dele como o desejo por esta que hoje disse se chamar Lúcia.

No entanto é preciso supor que alguma coisa os aproximou. Nem tudo são fragmentos. Há de haver um outro tipo de fio a partir do qual seja possível compor uma totalidade. Pensar, por exemplo, que, no início, Félix não tinha essa raiva. Lá pelas duas da madrugada ele ainda tinha alguma paciência, apesar do desejo. Pensar que, depois, alguma coisa o dominou, a urgência aprisionada, o desejo de vingança, um segundo engano. Félix talvez preferisse dormir ou se isolar, se pudesse escolher algo assim, adiamentos, renúncias, não entre atos e faixas de um CD, k. d. lang ou Manhattan Transfer. Mas em seguida não houve mais como fugir, fisgado pela inquietação febril de quem se acende mas não tem o interruptor ao alcance da mão para desligar o circuito, porque aquilo que o transborda está dentro. Como sair desse afogamento, a não ser pela mão que se projeta e afia a bainha das facas e procura o motivo mais comum para cravar, dilacerar, retalhar?

Pensar que ela pegou o telefone e não ligou. Para quem ligaria? O plano se move e Félix se oferece para chamar um táxi, levá-la de carro, servi-la, enxugar suas lágrimas, deitá-la em seu colo, fazê-la rir, abrir seu vestido, nadar com ela no mar. Onde mora? Como se chama? Ela diz: "Você pode me chamar de Lúcia". Na pressa, ele paga a conta, perde a noção de tempo e, finalmente, começa a se esquecer. Ainda havia um cubo de gelo no copo e Félix o pega, passando-o pela testa. A cabeça dói um pouco, mas não tanto como no início da noite. Ele procura a coisa certa para dizer, mas, se tivesse encontrado, teria sido como uma epifania.

Algum tempo depois, o vento começou a soprar, levantando a cortina leve, e logo depois choveu. As milícias tinham sossegado. No fundo da noite alguém tossia e o pior que podia acontecer era não acontecer nada. Três, quatro horas. Ela adormecera sobre o sofá. Félix lembrou-se da faca e tentou compreender, resignado e amargurado. Por um momento encantou-se quando ela, dormindo, quebrou o silêncio: "Sim." Houvesse um outro lado, além do desejo de vingança, ele a teria abraçado dentro de si.

4. Ainda

Os indícios, os nós partidos e os nós ainda amarrados, os pedaços ajuntados, uma foto em cima da outra, os CDs. Inútil prometer que dessa noite não passa. Lá fora, cercaram a rua, medindo, perguntando. Nem todos se incomodam. Há uma guerra que se espalha como uma metástase, a estação dos escolhidos. Os Mesmos e os Outros.

Quando a madrugada avançar, Félix estará sentado no meio-fio, olhando para dentro da janela iluminada. "Qual seria o masculino de Lol V. Stein?", o inspetor pergunta para si mesmo. Não, Félix provavelmente não pensa nisso. Para ele o fascínio está em outra parte. Não vê que está em vias de um terceiro engano ou um quarto engano, aquele erro que o conduzirá na direção de uma escada de sombras onde uma mulher vem ao seu encontro despenteada, segurando a sandália com o salto quebrado, e lhe pede emprestado o celular. Tudo recomeçará sem trégua, na sequência do rascunho. O inspetor retomará então sua posição, entediado, insone, mancando pelo apartamento, fotografando, a perna dolorida, resmungando para si mesmo o que não daria para ter permissão, desligar um dos botões *stand-by* e apagar os registros, tal como fez um dia depois de ter colhido as provas inúteis do assassinato de Regina, da morte misteriosa de Sandra, do suicídio de Adriana, do assassinato de Alberto, do suicídio de Heitor — que ele suspeitava ser o mesmo homem que se passava por Manuel, o Visionário, e por um professor de espanhol chamado Juan, e ainda por um corretor de imóveis chamado Marcel, entre outros nomes —, tal como se esforçou para procurar a mulher que se dizia chamar Tania e Consuelo, e para entender as motivações que um dia levaram Tomaz a se tornar um assassino. "Você sabe", lhe dissera Tomaz antes de fugir, "hoje em dia é preciso mudar de identidade, se você adere aos Mesmos ou aos Outros."

O inspetor parece ter entendido, finalmente. Mas tudo que ele quer agora é segurar a mão de Lúcia, que murmura: "Tiraram de mim a minha filha". E, num fio de voz, diz que se chama Tania e também Consuelo. Ela ainda respira e, antes que ela se vá na ambulância sem jamais ter podido rever a filha que lhe foi tirada, o inspetor se debruça para enxugar suavemente a lágrima e a gota de sangue sobre a testa, e não vê que Hernandez, agora Félix, se esgueira entre a luz e a janela e se ajoelha, num inexplicável gesto de perdão antes de atirar.

22

Aqueles que andam nas nuvens

Toda mulher adora um Fascista
A bota na cara, o bruto
Coração de um bruto da sua laia.
Sylvia Plath

A sirene soa como um grito. Dentro da ambulância, eu ainda resisto e me recordo. Certo, certo, eu já disse antes que, por uma dessas certezas inexplicáveis, sempre soube que era você que estava ligando. E você ouvia, ou fazia que ouvia, prestando a maior atenção, seu peito cheio de tempo, disponível mas inabordável. Não adianta nada do que faço agora, nada vai trazê-lo à vida, enquanto me apresso e me ponho a desembaraçar mal entendidos no espaço virtual. Mas como garantia, tenho ainda sua foto, tirada quando ainda não nos desconhecíamos, no sul, o local para onde todas as pirações convergem, você rodeado de flores, sobre a ponte, incomodado com o sol, incomodado com o que ainda iria viver, com as mentiras, atrapalhado com o seu próprio sexo. Eu vejo essa foto, meu amor, emoldurada pela lista inteira de pequenas dissimulações nas quais você um dia se tornaria um especialista, oh, meu sabotador, meu predador, meu prestidigitador. E eu pensei que você viria logo, homem da minha vida, estava esperando por você no meio da agitação dessas águas, no meio da febre, perdida em lençóis de cetim que deslizam no meio das minhas coxas, no meio da minha vida, no meio da minha boca e do meu sexo, que se abrem e quase morrem de sede pelo seu beijo, ali onde eu o aguardava inquieta, sob a sombra da sua mão que nunca agarrei e que não parava de me apertar e de me querer, vendo você olhar as horas no relógio, esse maldito relógio que tem as iniciais do seu nome e que nunca verei e que você jurou ter comprado em algum lugar da Itália, da Suíça, da Inglaterra, da Argélia, antes da guerra, nessa sucessão infinita de mentiras que a sua memória não conseguia guardar mas que a minha memória ainda acumula com os menores detalhes, Heitor, meu querido Juan, meu adorado Marcel.

É aqui que me encontro agora, sobre esse leito de ar, sem possibilidade de retorno, tendo seguido obediente sua lição sobre o ruído da chuva batendo na vidraça, e descoberto, aterrorizada, que era só uma sugestão, não era para levar a sério. Se eu soubesse disso não teria acordado à toa no meio da noite e aberto a janela pensando que você iria finalmente entrar, despido, ardente, para sempre pronto, vindo do espaço mais insuspeitado do meu desejo. Não teria me deitado vestindo apenas as cinco gotas de Joy que você pediu e as pulseiras de ouro e platina que eu jurei ter comprado em algum lugar numa feira em Nova York, ou talvez em Alexandria, ou quem sabe em Tel Aviv, porque também sei mentir, oh, meu amado feito de um milhão de bytes, feito de um trilhão de megabytes, feito de um mundo inteiro de imagens condensadas na precipitação do Aleph borgiano. Não teria me lançado na grande feira de variedades virtuais e nem me deixado levar pela cadência ritmada do seu canto de zéfiro, no qual as palavras são encantamentos, pura magia, sons do amor fingido mais descarado, gemidos de quem ainda quer mais um pouco mas não terá jamais. Por isso às vezes fui Tania, às vezes Consuelo. E, hoje, Lúcia, pela última vez.

Seria preciso aguardar até amanhã para tudo isso se dissipar ou se organizar mais ou menos como quando tentamos contar um sonho, e aí eu certamente veria que era apenas uma narrativa, o romance dos ex, um modo de dizer. Mas você não me deu essa chance, *chéri*, até já ser tarde demais, quando não era mais possível nenhum outro movimento a não ser me envergonhar. Você não me deu a possibilidade de sair antes, você me trancou aqui dentro e levou a chave, deixando-me amarrada em minhas próprias sombras, enlouquecida de incerteza, de dor e de desejo, oh, o desejo, oh, o desejo. Nesse ponto, meu deus holográfico, minha fantasia infernal, meu porteiro da noite, quando viu que eu estava pronta e entregue e sem nome e sem pontuação, apenas um corpo de mulher disposto ao sacrifício, você desapareceu com a minha filha, sem aviso, no espaço das apresentações imaginárias que criamos juntos, nefelibatas, voltando a confundir-se com os minúsculos indícios da minha loucura, ali onde a solidão prega peças e invade aos poucos, mas sem pedir licença, cada um dos gestos razoáveis de contenção, os dissipadores de energia agora inúteis, cada um dos limites, cada uma das frágeis intenções da razão entorpecida.

Eis o que é o amor, você disse enquanto se retirava sob a névoa, rindo da língua dos piratas que é única que eu ainda sei falar, levando consigo Camila, como a pedra azul de um filme que eu tinha pedido tanto que você visse, jogando-a nas nuvens que cobrem o pouco do que, por causa da guerra, ainda restou da baía da Guanabara e que você dizia ver em parte, pela sua janela, essa pedra azul que transforma todos os remédios em venenos e que desdobra, em infinitas pontas, todas as minhas esperanças e as tritura dentro desta ambulância que me leva enquanto morro, seguindo com a sirene ligada pela Rua Barão de Jaguaribe como seguiria pela Rodeo Drive ou pela Mulholland Drive, até que esta, seja lá quem seja, dê o último suspiro e, no filme, Mira Sorvino faça o sinal da cruz.

E enquanto você falava ao telefone no meio daquela noite interminável, eu ia e vinha pela casa, incurável insônia que não me levaria nunca de volta ao que você prometeu mas não pôde cumprir, a promessa de que traria de volta a minha filha Camila, aquela que, sob uma sombrinha vermelha, vigiaria as palavras e os sons e os silêncios dos que espreitarão para sempre por entre as frestas dos alojamentos à espera da redenção, à espera da libertação, à espera da lenta nomeação que, na destruição feita pelos Mesmos e pelos Outros, um dia chegaria a seis milhões de exterminados.

Aqueles que andam nas nuvens

23

Mitzvá

Não existe maior insuficiência do que a de um homem confrontado com o seu próprio vazio. É aí que se instalam os deveres.
Armand Lancestrong

Bernardo teve um pressentimento quando deixou o prédio da faculdade. Olhou para rua deserta e escura e hesitou um momento, pensando se deveria ou não voltar para dentro. Chovia sem parar. Do lugar onde estava, levaria cerca de meia hora se fosse caminhando até o hospital onde seu pai estava internado. Como o toque de recolher havia sido temporariamente suspenso, Bernardo tinha ficado até mais tarde no laboratório, conferindo alguns dados, depois que visitara seu pai no final da tarde. Seu professor havia confiado a ele a maior parte da pesquisa, muito mais do que seriam as atribuições normais de um estagiário. Bernardo se sentia reconhecido por isso, mas ao mesmo tempo sentia uma grande ansiedade, um medo inconfessado de decepcionar o professor, caso cometesse algum erro. "Os erros, sempre os erros" — pensou, decidindo-se a seguir sob o guarda-chuva, pela rua deserta. Na esquina, um homem avançou para ele. Bernardo recuou, instintivamente, pensando ser alguém das milícias. O homem estendeu um chapéu vazio para ele, dizendo:

"Uma ajuda, irmão. Tenho fome."

Sem pensar duas vezes, Bernardo colocou o pouco dinheiro que tinha, dentro do chapéu e, inquieto, afastou-se apressadamente.

Bernardo olhou para o pai, enquanto o Dr. André, o ortopedista que o tinha operado, amputando parte da perna, o examinava na cama do hospital. A doença estava acabando com ele, pensou. Quanto tempo ainda teria? A expressão resignada e até mesmo calma que Bernardo via no rosto do pai o surpreendia. Agora, a tatuagem azulada do número sobre o seu pulso se confundia com as veias finas e saltadas. O pai percebeu que Bernardo o olhava. E sorriu, como se o reassegurasse de que tudo estava bem. O médico terminou o exame, conferiu o gotejamento da medicação intravenosa e disse:

"Vamos aguardar mais um pouco."

"Aguardar o quê? Não basta o que ele já sofreu em Auschwitz? Esperar que a dor se torne insuportável, que a alma sangre de tanto sofrer?", Bernardo disse para si mesmo, um pouco surpreso de pensar na palavra "alma", uma vez que ele não acreditava nessas ideias.

O médico saiu, deixando Bernardo a sós com seu pai.

"Estou morrendo", disse o homem.

Bernardo não sabia o que dizer. O pai então falou:

"Prometa que você vai para a Yeshivá."

Bernardo tentou controlar a irritação que essas palavras o fizeram sentir. Não era o momento de retrucar. Há anos o pai o assediava com esse pedido. Para desgosto do pai, Bernardo havia decidido pela faculdade de bioquímica. A ideia de se tornar um rabino lhe era inadmissível. Se Bernardo repetia as orações e seguia todos os preceitos, ele o fazia como se fosse um robô, sem nenhuma convicção, apenas para não contrariar o pai. Desde a adolescência, quando tomou consciência do horror da Shoah, o pouco de convicção religiosa que um dia teve, desapareceu. Junto com ela, foi embora também a esperança de que os homens fossem melhores do que são. O conflito entre os Mesmos e os Outros confirmou ainda mais essa certeza. Internamente, Bernardo contava os dias para se ver livre, mal podendo esperar para se formar na faculdade no final daquele semestre, e tornar-se independente. Então aconteceu que seu pai foi diagnosticado com uma doença terminal.

Bernardo ajeitou o travesseiro debaixo da cabeça do pai, evitando olhar para ele. Mas não conseguiu desviar o braço a tempo, antes que seu pai o agarrasse e dissesse: "Prometa!"

Pressionado e atormentado, Bernardo prometeu que sim, que iria para a Yeshivá. No rosto do pai ele viu o esboço de um sorriso, que logo se desvaneceu.

O pai morreu naquela noite. Bernardo tentou conviver com a promessa, ora se esquecendo dela, ora se atormentando com a obrigação de cumpri-la. Mas isso não calava a voz de seu pai, sempre soando internamente: "Prometa!".

Eis como este capítulo vai terminar.

Primeiro final:

Nos anos seguintes, Bernardo faz o que tem de fazer para cumprir a promessa. Depois da Yeshivá, já como rabino, ele se casa, cria uma família e trabalha por trinta anos como líder religioso em uma pequena comunidade. Mas não é feliz. Frio e indiferente, Bernardo enfrenta todo tipo de situação, desde desavenças familiares até os efeitos dos desastres provocados pelo conflito entre os Mesmos e os Outros. Ele sabe de cor as respostas que todos querem ouvir, e as repete automaticamente, como um burocrata, do mesmo modo como fala, em tom monocórdio, as preces nas cerimônias festivas ou nos funerais. A infelicidade e a desvitalização são o preço que Bernardo paga por ter cumprido, contra a sua vontade, a promessa ao pai. Seu trabalho termina no dia em que, sem nenhuma hesitação, recusa o pedido de uma mulher, cujo pai havia morrido, para que o corpo fosse enterrado no cemitério judaico.

Segundo final:

Bernardo decide não cumprir a promessa que fez ao pai. Os anos se passam. Em parte, sente-se realizado, mas não completamente. É comum que ele se pegue angustiado, como se estivesse pagando por um crime que não cometeu. Uma noite, já bem tarde, ele se perde ao sair de uma visita. Como sempre, chove. Dirige meio sem rumo por algumas quadras, até que de repente se vê em frente ao que restara do prédio da faculdade onde havia estudado. A construção, antes imponente, reduz-se agora a um amontoado de tijolos, o que restou de um dos bombardeios do conflito entre os Mesmos e os Outros. Bernardo para junto ao passeio. Sem entender o que o compele a descer do carro, caminha na direção do que um dia fora a portaria. Mal dá dois passos quando um homem surge à sua frente com um chapéu estendido, dizendo:

"Uma ajuda, irmão. Tenho fome."

Assustado, Bernardo recua instintivamente. Então reconhece no rosto do mendigo o mesmo homem que, muitos anos atrás, o havia abordado no mesmo lugar.

"Não tenho dinheiro", desculpa-se Bernardo.

"Mas pode se livrar dos seus erros", diz o mendigo, apontando para o solidéu que Bernardo traz sobre a cabeça.

Sozinho diante do prédio em ruínas, Bernardo entende, então, que não ter sido um rabino foi apenas um sonho.

Terceiro final:

É sexta-feira, final da tarde. Bernardo tem 78 anos, a mesma idade que seu pai tinha quando morreu. Caminha para a sinagoga, para celebrar o Shabat. Sente-se cansado. Pela primeira vez na vida, Bernardo pensa em se aposentar. "Um rabino não se aposenta." Diz-lhe a voz da consciência. Ele retruca: "Já cumpri a minha promessa. Posso fazer o que quiser." A voz da consciência soa mais dura, agora: "Não. A promessa é para sempre. Bem ou mal, deve cumpri-la até o fim dos seus dias. Até mesmo uma criança de três anos entende isso, quando lhe é destinada uma tarefa com a qual ela se compromete. Esta fica sendo a sua missão, o seu dever, a sua 614ª *mitzvá*."

A chuva começa a cair mais forte. Bernardo se apressa. Logo surge o velho prédio da sinagoga, sobressaindo-se no meio da vizinhança quase toda arruinada, depois do último ataque dos Mesmos e dos Outros que lutam entre si pela posse do território. Bernardo se assusta quando um mendigo aproxima-se dele e lhe estende a mão, pedindo uma esmola. Não é o mesmo mendigo que, décadas atrás, o abordou em frente à faculdade de bioquímica, na noite em que seu pai morreu. Mas por alguma razão, Bernardo lembra-se dele. E pensa que essa lembrança é um aviso. O mendigo continua parado, com a mão estendida. Bernardo entrega o que tem dentro do bolso. O mendigo recolhe a esmola, mas estende novamente a mão.

"Já lhe dei tudo o que eu tinha", diz Bernardo.

"Você ainda não me deu a sua vontade", fala o mendigo.

"Não posso lhe dar a minha vontade. Se eu fizer isso, deixo de existir."

O mendigo se afasta. Bernardo dá de ombros e entra na sinagoga. Uma vez lá dentro, respira fundo, certo de que tinha se livrado de um *dibouk*. Demora algum tempo para perceber que ninguém viria para o Shabat. Ele nunca fora, realmente, um rabino.

Mitzvá

Regulamentos

Não se notava isso no início, logo de cara, assim que você os visse pela primeira vez. Demorava um pouco para perceber que, embora muito parecidos entre si, eram um pouco diferentes de nós. Talvez fossem os Mesmos, talvez fossem os Outros. Assim que você os visse no meio da multidão, sentados próximos, ombro a ombro, como que apoiando-se para não caírem, algo neles se tornaria visível: pareciam alheios a todo o resto.

Nesses tempos de escassez, era mesmo um privilégio as pessoas ainda conseguirem passagens. Assim, todos nesse grupo de mais ou menos vinte e oito homens e mulheres traziam os cartões de embarque agarrados ao peito, como que para não perdê-los. Tinham vindo aos poucos, encharcados pela chuva, e sentaram-se um por um na fileira de cadeiras perto do portão de embarque. O último do grupo demorou um pouco mais do que os outros para vir juntar-se a eles. Ele mancava, e talvez por isso caminhasse com lentidão, foi o que pensei. Os outros o saudaram discretamente e lhe deram um lugar para se sentar.

O que os distinguia, o que os fazia únicos, era, como eu disse, o fato de que pareciam fechados para o resto do mundo. Uma das mulheres carregava no colo um bebê adormecido, a cabecinha parcialmente coberta com um lenço. Algo fez com que o lenço descobrisse o rosto da criança. Nesse momento percebi que eram todos velhos, até mesmo o bebê. Não porque tivessem sinais de idade avançada. Não. A velhice neles era mais sutil. Cheguei a pensar que, se não fossem os Mesmos ou os Outros, talvez fossem atores de um grupo teatral. Mas não. Alheios ao movimento e ao barulho das pessoas que se aglomeravam na plataforma de embarque, mantinham os olhos baixos, as cabeças curvadas, as mãos trêmulas. Nenhum sorriso, nenhum movimento de interesse por coisa alguma, talvez por terem se calejado nessa guerra sem fim, talvez por terem perdido a esperança.

Meia hora antes da hora do embarque, um jovem casal se sentou em um lugar vazio perto do grupo, próximo à mulher que carregava o bebê. De mãos dadas, sorriam enlevados e, apesar dos rostos cansados, brilhavam com o frescor da juventude, revigorados pelo amor.

O rapaz disse: "Ainda dá tempo de tentar comprar alguma coisa para comer. Espere aí, está bem?"

E afastou-se na direção das bancas de suprimentos, em geral ainda abertas àquela hora, mas provavelmente vazias, devido ao racionamento.

Ficando só, a moça tentou iniciar um contato com o bebê no colo da mulher, agitando os dedos da mão para chamar a sua atenção.

"Que menino bonito! Como é o seu nome?" Ela perguntou.

Com ar contrariado, a mulher olhou para ela.

"Não fala o meu idioma? Mesmos? Outros?" Insistiu a moça.

A mulher trespassou-a com um olhar enraivecido e vociferou: "Não assistiu à palestra? Não ouviu o que o Profeta falou?"

O bebê começou a choramingar. A moça ficou sem graça e pediu desculpas.

Então eu vi a jovem se transformar naquilo que um dia ela poderia ter sido, como se décadas tivessem se passado em um minuto. Depois, todo o viço desapareceu, uma sombra de cor cinza se impôs, apagando o brilho dos olhos e a luminosidade da pele. Encolhida na cadeira, ela entendeu que décadas de possibilidade de vida futura lhe haviam sido roubadas por um conflito sem sentido. A potencialidade de anos e anos vividos sem nenhum registro, nenhum traço de memória a não ser o da decrepitude das vidas usadas como se nada valessem, em um planeta afogado.

O rapaz voltou de mãos vazias, sem ter conseguido comprar coisa alguma. Parou diante da moça, assustado com a sua tristeza. Meio sem graça, ele olhou para mim, como se pedisse socorro. Tentei falar, para compartilhar o que ela e eu havíamos compreendido naquele momento, uma sabedoria que não serviria para nada: daqui para frente, por causa dos novos regulamentos impostos por uma guerra estúpida, estaríamos eternamente parados a dez minutos do embarque.

25

Quando as palavras falham

Dizem que podemos seguir. E que o limite está longe.
Mas não. O limite é agora.
A palavra não pode nos salvar.
Armand Lancestrong

Para falar com eles é preciso que eu aprenda a língua deles.
Ou que eles aprendam a minha? Mas que língua eu falo?
Qual é a minha língua? Infelizmente, nunca serei rinoceronte.
Eugene Ionesco

"Não falo mais essa língua. Não a entendo mais. Tornou-se inteiramente incompreensível, um amontoado de sons que não se distinguem uns dos outros."

Digo isso e arranco os fones de ouvido, sempre ligados à mesa principal, onde fala o conferencista. Sinto-me esgotada.

"Que isso, Luna! Ficou doida?" Protesta o meu colega de cabine.

Ele me agarra pela manga, tentando me fazer retornar ao meu assento, como se com isso eu pudesse recuperar o juízo, voltar ao que eu era antes, ao que eu fazia antes. Dou um safanão, para me livrar. Ele não acredita em mim. Pensa que estou cansada, que é somente uma estafa, que tudo se resolverá se eu fizer um intervalo, se eu tomar uma água, um café. É o que ele me oferece, preocupado. Saio da cabine de tradução, sentindo-me sufocada. Lá fora a chuva continua, impiedosa. A umidade se infiltra em todo lugar, espalhando um cheiro de mofo e velhice.

Não sei por que não consigo mais compreender a língua dos Mesmos, que eu vim a dominar com perfeição. Começou aos poucos, sem que eu percebesse. Foi ficando cada vez mais difícil para mim encontrar a equivalência de certas expressões, dos verbos seguidos de determinadas preposições. Não me preocupei muito com isso nos primeiros dias, pensando que tudo se resolveria se eu conseguisse me atualizar com as gírias ou com as expressões mais coloquiais, mais modernas. Afinal, tentei me convencer, a linguagem é um corpo vivo, que muda ao sabor dos modismos e das ideologias. Foi o que disse para mim mesma, enquanto buscava fontes e recursos que me suprissem com o que eu pensava ser apenas uma insuficiência. Como não melhorou, fui ao médico, um dos poucos que ainda clinicavam fora das zonas de ataque, e ele me recomendou repouso. O ideal teria sido fazer alguns exames, disse ele. Mas isso já não era possível, em face do agravamento do conflito. Logo meus ouvidos se tornaram surdos ao que a eles chegava como uma indistinção sonora. Os sons desse idioma, antes tão familiar, aos poucos passaram a ecoar como li uma vez, em um poema: "zurros e cacarejos proferidos por uma língua de pedra".

De volta à cabine de tradução, ainda angustiada, recoloco os fones de ouvido. Meu colega me substitui na medida do possível e, ao me ver sentada novamente na minha cadeira de trabalho, ele se tranquiliza. Diferente de mim, diante de certas peculiaridades na fala impostada de Manuel, o Visionário, o nosso conferencista, ele não perde a calma. É verdade que faz algumas pausas, mas elas são imperceptíveis para o público em geral, enquanto ele pensa rapidamente nas possibilidades de tradução. Tenho inveja dele.

Respiro fundo e coloco os fones de ouvido. De novo, tudo que escuto é um ruído uníssono, que não me permite distinguir entre uma palavra e outra, tornando impossível saber quando uma frase começou e quando outra terminou, apesar das modulações que indicam que uma pergunta foi feita, que uma entonação indica ironia, enquanto outra soa carregada de preocupação.

Novamente desligo o interruptor que libera o som direto para o meu fone de ouvido e faço um sinal para meu colega continuar a traduzir. Ouço a sua voz clara e correta: "Nossos representantes dizem que há necessidade da evacuação imediata das áreas mais afetadas pela chuva. Eles acreditam que uma trégua no conflito entre os Mesmos e os Outros é, agora, essencial para a nossa sobrevivência no planeta. Repetem que é preciso salvar o que ainda resta das criações, transportando-as para longe das enchentes, onde ficarão a salvo. Na eventualidade de uma estiagem, o que não é de todo provável, pelo menos não em médio prazo, os habitantes dessas áreas terão como continuar a ganhar algum sustento. Contudo, eu lhes digo: Chove em Andaluzia. Chove em Hong Kong. Chove em toda parte. Nunca mais vai parar de chover essa chuva ácida e fina que corrói tudo, inclusive a nossa esperança. Tudo será sempre tarde demais. Estaremos sempre a dez minutos do embarque. Nem as crianças se salvarão."

Desanimada, continuo sentada na cabine. Coloco a cabeça entre as mãos, apertando-a como se, com isso, eu pudesse impedir o processo que torna impossível que eu volte a entender o idioma que devo traduzir. A verdade é que essa língua me fugiu, a memória que eu tinha dela foi apagada agora por algum processo que desconheço. Suspeito que tenha a ver com a chuva, que não para de cair. Mas essa ideia me parece completamente infundada e delirante. Tenho pena de mim mesma.

Olho para a audiência atenta, no auditório lá em baixo. Coitados. Vieram em busca de esperança. Parecem personagens de um romance que li uma vez, no qual um grupo de pessoas exaustas se reúnem em uma plataforma de embarque para uma viagem que não acontecerá: uma delas é uma mulher ruiva chamada Flávia; outra se chama Elaine, que se ocupa com agulhas de tricô. E Silvana, que traz na cabeça um chapéu preto de abas caídas. Penso reconhecer Carlos, que virou Romero. E Hernandez, vulgo Félix, ferido mortalmente no peito. Vejo Consuelo, que se faz passar por Tania ou Lúcia, toda suja de sangue, sentada ao lado de Adriana e Regina, cujas feridas abertas também sangram. Ali estão Beatriz, Maria Silva, Bernardo, Arthur, Sandra e André, vestido em seu jaleco de médico. Três ou quatro velhos, de nomes não revelados, parecem estranhamente imóveis, como se não estivessem vivos. Perto deles, vejo Daniel, Tomaz, Cláudio, Lucas, Ada, Suzana e o noivo, Alberto, Mariana, Alice, Virgínia e Camila, tão magrinha e pálida, de rabo de cavalo, segurando uma sombrinha vermelha. Um casal de jovens, cujo nome nunca foi mencionado no romance, está de pé, de mãos dadas. Atrás deles, uma mulher também sem nome carrega um bebê no colo. Aproxima-se deles um inspetor de polícia, mancando de uma perna. Não sei o seu nome. Parece ter chegado atrasado, como costumava acontecer nas cenas em que ele aparecia, no livro. Todos querem ouvir o impossível, algo que lhes diga que ainda haverá uma solução. Até mesmo Fidel, o velho cão, encharcado de chuva, parece esperar alguma coisa. Cada um com o seu tormento insolúvel, inclusive o conferencista que, embora tenha se apresentado como Manuel, o Visionário, mal disfarça a voz de Heitor e suas falsas identidades, Marcel e Juan. Ele não consegue esconder o sangue que, escorrendo de sua cabeça arrebentada, aos poucos forma uma poça no chão.

De repente percebo que uma das pessoas olha insistentemente para mim. É uma mulher, não muito jovem. Com o pescoço esticado para cima, deixa cair os fones de ouvido. Por um momento, penso reconhecê-la de algum lugar, mas não das páginas do livro. Ela então acena para mim e sorri. Aceno de volta, apenas por educação. Ela se levanta do assento e logo percebo que se dirige à cabine onde ficamos, os tradutores. Em um minuto ela vai se aproximar e falar comigo. Ou pelo menos imagino que ela faça isso. Tenho a ideia absurda de que, se eu ouvir a sua voz, vou recuperar a compreensão da língua que eu entendia antes. Antes do quê? Eu me pergunto. Ansiosa, fico esperando que a mulher chegue perto de mim, estenda a mão e diga a palavra que me salvará.

Isto não acontece assim, é claro. Nada vai me fazer recuperar a língua perdida para sempre na memória que, agora compreendo, em mim começou a se apagar. Quando a mulher finalmente chega à cabine de tradução e ouço a sua voz, reconheço Estrela, aquela que deixei afogada dentro de uma garrafa numa noite de chuva, há trinta anos.

[1ª Edição 2017]
[2ª Edição 2018]
[3ª Edição 2022]

Esse livro foi composto em Adobe Garamond Pro
e impresso em papel Pólen Bold 90g/m^2
para a Quixote + Do Editoras Associadas

#tudocomeçanalivraria #quixotedo2022 #osmesmoseosoutros

FSC
www.fsc.org
MISTO
Papel produzido a partir
de fontes responsáveis
FSC® C019835